Le miaulement de l'apocalypse

Platon Jérémy

© Platon Jérémy, 2019

Édition : BoD – Books on Demand
12/14 rond-point des Champs-Élysées, 75008 Paris.
Impression: BoD - Books on Demand, Norderstedt, Allemagne

ISBN : 978-2-3221-3394-9

Depot légal : Février 2019

Quelques remerciements …

A vous que je cite ici je tenais à vous remercier sincèrement de votre soutien et de votre temps passé à lire les prémices de cette histoire.

Louna, Jodie, Erwan, et tous les autres que j'oublie en écrivant ces lignes ! Merci à tous !

Jérémy,

Chapitre I

*Dans une dimension supérieure * planète Lanh-Yakéa*

Quel dur labeur... Je n'en pouvais plus, la fatigue n'aurait pas dû être, j'avais fait une belle connerie en la créant. Mes premiers regrets, pourtant j'avais passé ce que les humains appellent « du temps » à cette œuvre gigantesque digne de toute une vie. J'avais pensé à tout, aussi bien les propriétés des corps que les lois permettant à tous mes objets de s'articuler. Une onde étrange me parcourut. La joie de ne pas être physiquement présent fut vite chamboulée par cette voix émanant de nulle part. *« Te voilà enfin toi ! je viens te régler ton compte ! »*. J'étais certain que si j'avais pu être terrifié c'est à ça que ça aurait ressemblé. Une onde violente perturba mon énergie. Quelqu'un ou quelque chose approchais. *« Je vais t'annihiler vile créature ! »*. Je n'eus pas le temps de réagir, la demi-seconde qui suivit j'étais perdu dans le vide, tourbillonnant et secoué dans tous les sens par une force que je ne me souvenais pas d'avoir créé si violente : la gravitation. Je pensais pourtant qu'être en permanence bourlingué par des gravitons aurait été drôle... De toute évidence je me trompais. Je ressentais des picotements, bien que ce fut impossible je les sentais vraiment me parcourir.

Un drôle de sentiment me gagnait au fur et à mesure que je me revoyais créer des êtres pour peupler ce monde. C'était tellement extasiant à faire … Apporter la vie et regarder ces pathétiques petits êtres se débattre dans la galère que j'avais conçue pour eux. Ils avaient même eu l'audace de s'autoproclamer « humains ». Quelle bande de vermines. Il faudrait que je les détruise un jour, mais avant cela il faudrait que je comprenne pourquoi d'un coup j'ai mal. Ainsi c'était ça la douleur ? Avoir l'impression d'être transpercé par des pointes en tout point de mon être ? Je n'aurais peut-être jamais dû créer ce terrible sentiment.

*Aux abords du monastère de Lanh-Yakéa * Planète Lanh-Yakéa*

L'obscurité autour de moi changeait. Désormais tout autour de moi dansaient les nuages. Ces assemblages improbables de molécules d'eau. J'étais certain lors de leur création qu'ils poseraient problème aux savants qui voudraient les étudier. Mais tant pis ! Après tout ce serait parfaitement drôle de ne pas les laisser tout comprendre. Je sentais que les choses tournaient, à moins que ce ne fut moi qui tournait ? Nul moyen de le savoir. Tout à coup je heurtais quelque chose de dur. Ce fut ma première rencontre avec le sol. Une bien douloureuse rencontre d'ailleurs.

Yanh courrait vers le monastère. Le monastère était placé à flanc de montagne, le Mont Chacré. La plus haute montagne de Lanh-Yakéa, son sommet servant de siège à l'observatoire stellaire du monastère. Première ligne de détection des menaces extra Lanh-yakéennes. Le monastère était en fait une antique base militaire qui avait servi pendant la troisième guerre de la nébuleuse de la chaussette. Les Lanh-Yakéenns avaient été victorieux lors de cette guerre et jamais la forteresse n'avait vu ses défenses pénétrées par les forces Avezéennes. Yanh courrait maintenant à en perdre son souffle. Ses poumons hurlaient qu'ils voulaient sortir, je pouvais les entendre alors qu'il était si loin encore. Bientôt le jeune homme pourrait m'apercevoir. Il fallait vite que je trouve une solution pour demeurer invisible. Sinon j'aurais probablement des problèmes. Mon impact avec le sol avait fait s'élever un nuage de poussière sur le chemin, le jeune homme s'en approcha quand il le vit. Yanh resta une minute à regarder le cratère au sol. Il me fixait désormais, j'en étais sûr.

—Qui es-tu ?

—Miaou

—Oh ! tu n'es qu'un malheureux chat ? et noir en plus ? s'étonna-t-il.

Cette révélation me glaça le sang, j'étais donc devenu un chat ? Quelle honte. La créature la plus vile que j'avais créé dans ce monde. J'avais plutôt intérêt à comprendre vite ce qui se passait, et à régler cela. L'humain semblait être jeune, dans les quatorze ans à vue de nez. Il était assez élancé et manquait peut être un peu de gras sur les os. Son visage était ouvert et clair. Aucun pli ne parsemait sa face et seul une mèche de cheveux roux tombait sur son front. Sa chevelure assez courte atteignait à peine ses oreilles. Sa tenue était révélatrice d'un élève, une grande tunique à capuche de couleur noire avec deux bandes bleues entourant une cloche dorée. Trois lettres étaient floquées sur le haut de la tunique : MLY. Ces trois lettres me disaient vaguement quelque chose, j'avais dû les voir une fois ou deux lors des différentes batailles que j'avais tant aimé admirer. Tandis que je le jaugeais, il s'approcha drastiquement de moi et me saisit.

—Tu viens avec moi le chat !

Je n'y croyais pas, il allait en plus me forcer à venir avec lui. Je sortais les griffes et les lui plantais dans les mains. Le sang jaillissait maintenant à flots et la douleur montait en Yanh. J'étais sûr qu'il regretterait de m'avoir attrapé.

—Aie ! Eh oh ! calme toi Poupouille.

Et puis quoi encore ? Il se permettait maintenant de me donner un nom ? à moi le créateur de toute chose. Quel toupet. Je n'aurai jamais pensé cela possible. Un affront intergalactique. Dès que je mettrai les pattes sur une arme il le sentirait passer. Déjà je commençais à réfléchir comme un chat, c'était inquiétant. Imperturbable, toujours avec mes griffes dans la main, il avançait en reprenant sa course. Il me serrait fort et ce n'est que quand il entendit cela qu'il se décida à diminuer son étreinte sur ma pauvre cage thoracique.

La pause ne dura pas, il sortit une montre de sa poche et son expression faciale m'indiqua qu'il était inquiet. Il me saisit à nouveau, je n'eus cette fois pas le courage de le griffer. Après tout, être ainsi transporté était plus rapide que si j'avais du courir sur mes nouveaux coussinets. C'était perturbant de me sentir chat, de me sentir tout court d'ailleurs. Je n'avais encore jamais eu de corps. Comment était-ce possible ? Je ne comprenais toujours rien mais je fus sorti de mes songes par une nouvelle voix.
—Bonjour Maitre Blue !
—Te voila Yanh. Tu es en retard, encore. Soupira la belle dame.
—Pardonnez-moi Maitre. Je …
—Tais-toi ! Va t'installer dans la salle de géophysique. Nous allons commencer la leçon et la finir plus tard ce soir, tant pis pour toi.
—Mais Maitre … supplia Yanh.
—Pas de mais, nous y allons et tout de suite.

Je découvrais une salle couverte d'images, plus ou moins fidèles aux choses que j'avais créés. J'avais édicté des lois universelles qui étaient toutes écrites. Incroyable, ils avaient donc tout étudié ? Cela me perturbait, mais en même temps je leur avait laissé cinq milliards d'années d'évolution. J'avais créé l'évolution d'ailleurs ! j'avais un jour décidé que les individus ne pourraient transmettre fidèlement leurs caractères et que ceux qui profiteraient des variations seraient ceux qui auraient la vie sauve dans mon Univers. Les humains semblaient l'avoir découvert, surtout un certain Daar'Wyn. Quel drôle de nom... Blue se plaça devant une surface noire, se saisit d'une craie et commença à représenter une sphère.

—Aujourd'hui nous allons étudier la structure interne de Lanh Yakéa. Tu dois savoir que notre planète est sphérique et non homogène. Elle n'est en revanche pas creuse du tout ! expliqua-t-elle.

Yanh écoutait religieusement ce charabia inutile et complètement faux, j'avais créé un champ de camouflage pour éviter que les humains ne découvrent la structure de leur monde. Elle était bel et bien creuse cette planète, mais il ne faudrait pas le leur dire tout de suite. Cela serait tellement perturbant. Et puis, les Koriens n'apprécieraient pas une incursion des humains, une guerre serait très probablement déclenchée. Bien que ce serait drôle à voir, il faudrait d'abord que je sois de retour à ma condition divine. D'ailleurs, il faudrait peut-être communiquer avec Yanh pour trouver une personne compétente dans ce bas monde, surtout quelqu'un qui soit capable de m'aider.

—La leçon est terminée. La prochaine fois on travaillera sur l'origine hypothétique du signal ...

Blue s'arrêta. Yanh semblait ne plus écouter son discours, il était donc inutile de continuer à gâcher de l'énergie pour cet ingrat. Elle se rapprocha de la porte, appuya sur un bouton et déclencha l'éjection de Yanh de la pièce. Je fus sorti de son sac et projeté au sol dans la classe. La porte se referma, j'étais désormais seul avec le

Maitre. Une sonnerie se fit entendre, le Maitre se saisit d'un objet et l'approcha d'elle. L'appareil ne semblait pas fonctionner et le maitre le frappa à de nombreuses reprises.

—Tu ne marches pas ? Tu va voir ! criait le maitre.

L'acharnement du maitre Blue conduit à un bruit provenant de l'appareil. Elle se tourna vers moi et m'aperçut.

—Ben alors, qui es-tu toi ? demanda-t-elle en me regardant surprise.

Je tentais à nouveau de répondre mais aucun mot ne sortit. Le maitre conversait avec une certaine Julie. Une de ses collègues de l'Université Lanh-Yakéenne. Quand à moi, je trouvais qu'il était complexe de parler avec cet appareil de vocalisation félin. J'aurai probablement dû penser à cette éventualité. Je devrais corriger cela.

—Comment ça tu aurais dû y penser ?

Ce fut un choc, elle comprenait ce que je pensais, mais par quel miracle ? je devais absolument m'enfuir. Je ne prit pas le temps de calculer une sortie, je pris mes pattes à mon cou et me dirigeai vers la porte encore entrouverte.

—Eh bien… commença Julie coupée par un dysfonctionnement du communicateur.

Blue se tourna à nouveau vers moi et m'adressa une parole sur un ton doux mais ferme.

—Ne t'enfuis pas ! Je vais te donner à manger.

Elle émit un bruit semblable à un rire, c'était un rire d'ailleurs. Puis elle continua.

—Mais non pas à toi Julie, au petit chat qui s'enfuit. Tu me disais ? tu aurais dû y penser ? Mais à quoi donc ?

L'idée de manger me semblait étrangère. Pourquoi moi, Esdraël devrais-je accepter la nourriture d'un mortel que j'avais créé ? rien ne m'y contraignait. Il fallait juste que je me ressaisisse, le jeunot était un abruti. Il faudrait que je trouve quelqu'un de plus futé pour me sortir de ce mauvais pas. La conversation du Maitre se termina et j'étais assez soulagé de voir qu'elle n'avait en fait pas de don paranormal. Je ne me souvenais pas d'avoir créé de tels pouvoirs, à part pour les Epigoo. C'était une espèce très drôle à créer. Penser à cette espèce me donnait presque un sourire. La nostalgie de la création me gagnait ... Il faudrait aussi remédier à cela. La belle dame s'approcha de moi, et à ma grande surprise ne me toucha pas. Elle me donna juste un petit poisson. Je m'approchais de cette petite chose et mordit. D'étranges instincts étaient apparus, je savais manger. Quelle surprise, c'était une grande première pour moi. En près de 5 milliards d'années je n'avais pas mangé. C'était ... anormal. Je sentais cette chose en moi, sur ma langue. Comme un signal, ce n'était pas agréable. Une seule pensée me traversa tandis que je repoussais le poisson de la patte « Il est pas frais ton poisson ! ».

—Eh ben alors ? Tu n'aimes pas le poisson petit chat ? Ce n'est pas grave vient je vais te remettre en liberté. Il n'avait aucun droit de te capturer.

Etre libre, j'avais également crée ce concept. Elle me prit, je ne sentais pas le besoin de la griffer mais j'en ressentais l'envie ardente. Faire souffrir un humain était vraiment très amusant. Surtout quand on pouvait le faire physiquement. Sentir ses nocicepteurs s'exciter et envoyer des milliers de signaux électriques son cerveau.
—Non mais ça ne va pas ?

Ce qui devait arriver survint. Elle me décocha rapidement un coup de pied dans l'arrière train. Ma queue s'en souviendrait certainement plus longtemps que moi-même. Et voilà que je parle de ma queue comme d'une partie « normale » de moi... Tout va bien Esdraël, tu n'es pas un chat tu es toujours un Dieu... Mes pensées suivaient encore une fois leur cours quand je heurtais le sol pour la seconde fois aujourd'hui. Cette nouvelle rencontre était presque douce comparée à la première. Si la troisième pouvait suivre cette tendance cela me plairait beaucoup ! Mais je ne rêvais pas. J'avais conçu ce monde pour qu'il soit totalement insupportable, et j'étais probablement le seul être vivant ici qui n'allait pas réussir à m'y faire...

*Au palais du Roi Gry'Had * Planète Oph'owr*

La foule était rassemblée pour écouter le discours du Roi. Il avait convoqué les citoyens de tout le royaume, les scientifiques de l'Université Oph'owrienne et l'armée. Il devait avoir un message de la plus haute importance à partager. Il s'avança devant la foule, alluma son système anti-gravité et se retrouva à deux mètres du sol. Il observa quelques secondes la foule, puis ouvrit la bouche.

—Chers citoyens, chers savants, chers soldats, je m'adresse à vous aujourd'hui suite à un rapport scientifique de l'observatoire des évènements spatiaux non identifiés, j'ai appris que nous étions confrontés à un évènement inédit. Il semblerait qu'une quantité infime de matière soit apparue de nulle part…

Devant ces informations, la foule ne parvint pas à conserver son calme et un brouhaha prit naissance. Il fut stoppé par la garde royale qui ouvrit le feu par-dessus la foule.

—N'ayez crainte mes chers protégés, votre divin Roi va protéger notre monde et notre Univers. Je vais envoyer un contingent d'élite sur le monde où s'est produit ce phénomène. Nous allons envoyer un scientifique avec eux, et il sera chargé de découvrir l'origine de cet évènement. Je prendrai de nouveau la parole quand l'équipe aura donné ses premiers résultats, d'ici là allez en paix, soyez silencieux et obéissants mes chers protégés !

La foule se dispersa dans un ordre impeccable sous la direction de la garde royale. Aucun citoyen, aucun savant ni aucun soldat n'aurait voulu désobéir au grand Roi Gry'Had. Nul n'avait osé faire cela depuis des décennies. Les seuls à l'avoir fait s'étaient vus couper les mandibules et une bonne portion des antennes. Le peuple Langoustien ne se serait jamais laissé dominer par le peuple Homarsien sans cette terrible menace. Les soldats étaient des Langoustiens, tandis que les Homarsiens étaient membres de la garde royale.

*Monastère de Lanh-Yakéa * Planète Lanh-Yakéa*

Yanh qui avait tout vu par la fenêtre s'était précipité devant la porte du monastère et avait ouvert celle-ci. Il me fit signe de le rejoindre. J'hésitais longuement, je me refusais à devenir l'ami d'un humain. Ce n'était pas possible.
—Viens Poupouille, j'ai un super pain aux pépites d'orbitine.

Mes oreilles m'avaient-elles trahies ? J'avais entendu « orbitine » … La seule chose sympathique que j'avais posé sur ce monde pour les humains. Sur d'autres mondes j'avais été plus généreux, mais rien n'était aussi bon que l'orbitine. Mes pattes en tout cas m'avaient trahies, j'étais déjà parti vers Yanh qui me tendait un pain. Quand il me donna enfin ce pain, ce fut le bonheur. Je me sentais bien, parfaitement bien. J'avais dû avoir cette idée en rêvant. Je rêvais à une substance foncée, un truc qui s'appellerai « chocolat ». Sans avoir fait attention, j'étais

désormais installé sur une drôle d'étoffe transparente. Le jeune humain me fixait pendant que je mangeais. Le temps passa et il activa son lit magnétique. Il lévitait désormais devant moi. Je ne me souvenais pas d'avoir planifié cette utilisation du magnétisme ... mais soit. Ces humains avaient trouvé quelques idées intéressantes. Mais ils avaient détourné certaines lois de mon univers à leur avantage. Aurais-je échoué ? Mes réflexions furent interrompues par la voix de Yanh.
—Bonne nuit Poupouille. Désormais je t'appellerai pépé. J'ai l'impression que tu n'es pas tout jeune. Tu ne bouges presque pas. Demain je t'emmènerai voir Dany. Il a un dispositif pour communiquer avec les animaux. J'espère que ça te plaira.

Entendant ces mots, je compris que ma situation tendait à s'améliorer de minute en minute. Le jeune humain était peut-être un déchet plus utile que ses congénères. J'aurais dû en créer plus des comme lui. Il cessa bientôt de parler et de bouger, il avait modifié son rythme respiratoire. Il devait s'être endormi. Je ferai bien de faire pareil, mais dormir je ne connaissais pas... Encore quelque chose que je n'avais jamais expérimenté.

Le jour se levait, Yanh me secoua. Je ne l'avais même pas senti se lever et couper son lit magnétique. Il me saisit par la queue, sans doute pour se venger des griffures, je ne pouvais pas lui en vouloir mais il le regrettera bien vite. Je le suivais désormais sans broncher. Il avait peut-être encore de l'Orbitine... Si seulement il pouvait m'en donner encore un peu… Des voix se faisaient entendre dans le couloir adjacent à celui où nous nous trouvions.

—Vous êtes bien sûr Nikola ? l'interrogea Blue

—Oui, il y a un vaisseau éclaireur qui s'approche de Lanh-Yakéa. Ils n'ont pas encore émis de signaux mais nous sommes inquiets. Il va falloir prendre des mesures pour verrouiller le Monastère.

—Très bien, je vais m'en occuper, retournez à l'émetteur et tentez de découvrir l'identité de nos invités.

—Bien sûr Maître.

Nous entendîmes un téléporteur s'activer, puis plus rien d'autre que des pas pressés vers notre position. Le Maître arrivait nous chercher. Une poignée de secondes plus tard elle montrait le bout de son nez en face de nous, et elle nous dévisagea.

—Yanh ! Que fait cette bête dans l'enceinte du monastère ? Je l'ai jetée dehors hier soir.

—Je sais Maître. Mais cette pauvre créature avait juste besoin d'un peu d'Orbitine pour aller mieux. Tenta de l'apitoyer le jeune humain me défendant contre son ignoble maitresse.

—Je ne veux rien entendre, tu sais pourtant que c'est interdit de récolter des fèves d'orbitine sur l'Orbitinier sacré au centre du cloitre. Il va falloir que tu rendes des comptes mon petit Yanh.

—Maître … commença-t-il avant qu'une explosion ne l'arrête et ne nous projette tous contre le mur.

Les murs du monastère tenaient bon, Blue et Yanh se relevèrent, elle se saisit de sa main et ils se téléportèrent, me laissant seul au milieu du couloir.

*Extérieur du Monastère * Planète Lanh-Yakéa*

Le vaisseau venait de se poser, une dizaine de soldats en sortit. Ils étaient là, immobiles, à observer le monastère avec des lentilles à puissant zoom numérique.

—Soldat ? Que voyez-vous ? demanda le colonel Delapynsse.

—Je vois le monastère de Lanh-Yakéa. Il ne semble y avoir personne pour le moment.

—Très bien ! Faisons sortir ces rats d'humains de leur terrier.

En prononçant ces mots, le colonel Delapynsse hurla un ordre en langue des officiers, le vaisseau s'envola et commença à tirer sur le Monastère. Un champ d'énergie se matérialisa autour du bâtiment et amortit les tirs.

—Le tir ne semble pas concluant mon colonel.

—Soyez un peu positif, nous avons au moins une idée des défenses du monastère. Il va falloir agir de façon plus violente du coup.

—Je reçois un message de l'amiral Péréion mon colonel.

—Que dit-il soldat ?

—Il semblerait que deux faisceaux de téléportations aient été interceptés à partir du monastère jusqu'à un point du vide en orbite autour de la planète.

—Ces humains sont donc bien aussi lâches que les légendes le disaient.

La petite troupe de soldats Langoustiens progressait lentement vers la montagne, tous admiraient ce paysage si étranger. Ils n'avaient pas l'habitude de voir de telles choses. Leur monde étant majoritairement couvert par un océan global.

—Un peu de nerfs les petites larves ! On doit avoir rendu un rapport dans une demi-heure au roi. Hurla le colonel à ses troupes.

Le colonel et sa petite troupe s'étaient agglutinés devant la porte principale. Le champ d'énergie protégea vraiment chaque parcelle du Monastère. Une question venait à l'esprit du colonel mais fut explicitée par un de ses subordonnés.

—Colonel ? Si leurs défenses sont si résistantes, pourquoi se sont-ils téléportés ?

—C'est une bonne question soldat. Il va falloir trouver une façon d'entrer. Répondit le colonel. Déployez-vous dans le périmètre et trouvez une issue.

—A vos ordres mon colonel.

—Et appelez aussi les ingénieurs, qu'ils nous trouvent une idée depuis le vaisseau pour ouvrir une brèche dans ce champ de force.

—Tout de suite !

Le soldat prit en compte l'ordre et prit contact avec le vaisseau. La conversation fut brève, les ingénieurs arrivaient avec une brillante idée.

Dans les couloirs du monastère

J'étais là seul, je me tenais dans le couloir sans les deux humains qui m'avaient jusque-là accompagné. Ils avaient, si l'on puis dire, déserté à leur devoir envers moi. Mes pattes étaient bloquées, j'essayais d'avancer mais sans succès.

Que se passait-il ? mes pattes refusaient de bouger. Alors qu'une drôle de sensation montait en moi, Blue réapparu devant moi. Elle venait de se téléporter de nouveau.

—Viens là le chat ! Fais vite ! s'énerva-t-elle.

Voyant que je ne bougeais pas, elle s'avança et me saisit. Elle activa de nouveau son téléporteur et nous rejoignirent instantanément Yanh. Nous étions dans un drôle de pièce avec un gros tube penché.

—Merci Maitre Blue !

—Allez maintenant tu n'abandonnes pas ton chat, tu me le tiens fermement, ordonna-t-elle. Il va falloir qu'on retrouve Nikola.

—Ne devrait-il pas être ici ? lui demanda Yanh.

Tandis qu'ils prononçaient ces mots, la porte dans le coin de la pièce s'ouvrit : Nikola entra. Il avait beaucoup sué, il était essoufflé : il avait couru.

—Je suis là. Répondit-il entre deux respirations

—Que faisiez-vous Nikola ? demanda Blue.

—J'ai été activer le générateur de champ de force. Et visiblement, j'ai été plutôt bien inspiré.

—En effet, je dois vous remercier au nom du grand Esdraël. Il vous remerciera pour votre action envers lui.

A la mention de mon nom je m'immobilisai : ils parlaient de moi ? Ils avaient donc conscience de mon existence ? Mais comment … ? Je ne savais pas trop quoi faire, j'étais là dans cette pièce et ces petits êtres fragiles parlaient de moi comme si je n'étais pas là. C'est à cet instant que

Yanh fit un pas sur le côté pour regarder par la fenêtre.

—Euh … Maitre, Monsieur Nikola ? dit en hésitant Yanh devenu livide.

—Yanh s'il te plait laisse nous discuter. ordonna Nikola.

—Pourquoi ils ont amené ce gros disque devant la porte principale ? demanda Yanh.

—Quoi ? de quoi parles tu ? demanda Blue.

Elle s'avança vers la fenêtre, bientôt elle devint livide à son tour, à l'extérieur des soldats Langoustiens se hâtaient autour d'un disque de lumière.

—Ce sont des …

—Des quoi ? Enfin Maitre Blue, dites le ! fit Yanh

—Des ennuis ? tenta Nikola.

—Oh que oui … ce sont des soldats Langoustiens. Ils tentent de défoncer le champ de force à l'aide d'un bélier magnétique. Ces appareils sont de mini-pulsars artificiels, et ils vont détruire complètement le champ. Il faut les persuader d'arrêter.

*Devant la porte principale * monastère de Lanh-Yakéa*

Deux ingénieurs militaires étaient arrivés avec leur idée : défoncer le champ grâce à leur bélier-pulsar. Les soldats partis en exploration revinrent à l'entrée.

—Combien de temps pour défoncer ce champ de force ? demanda le Colonel.

—Il va falloir compter une bonne minute, l'énergie solaire n'est pas parmi les plus intéressantes, surtout quand on considère l'épaisse atmosphère et la présence en abondance de nuages. Répondit un des ingénieurs.

—Soldats ! qu'ont donné vos explorations du périmètre ? les interrogea le colonel.

—Pas grand-chose colonel le champ couvre bien tout le monastère et se termine sur la montagne.

—Très bien, prenons contact avec eux le temps de permettre le chargement du bélier, fit le colonel.

*A l'intérieur du Monastère * planète Lanh-Yakéa*

—Que font-ils ? demanda Nikola.
—Je ne sais pas trop, on dirait qu'ils sortent un amplificateur de son, expliqua Blue.
—Pourquoi ne pas simplement dire qu'ils sortent un mégaphone ? demanda Yanh au Maitre.

Le silence se fit, le Maitre Blue avait été corrigé par son élève. Je trouvais cela très drôle tout en craignant qu'un jour quelqu'un ne me corrige moi-même. Je sentais quelque chose me démanger. Sans aucune volonté de ma part, ma patte arrière droite partit commencer à gratter.
—Tu as des puces pépé ? demanda Yanh
—Il ne va pas te répondre tu sais … fit le Maitre en soupirant.
—Si ! il le fera, mais il faut d'abord trouver l'appareil de communication animale de Dany.
—De quel appareil parles-tu ? de celui-ci ? demanda Nikola en présentant une sorte de bague.
—Exactement ! donnez-le-moi s'il vous plait, ou bien mettez le lui, fit Yanh.

Les humains avaient donc un moyen de communiquer avec moi ? Il fallait qu'ils s'en servent. Que je puisse leur apprendre comment traiter leur créateur, et accessoirement, leur demander un peu plus d'Orbitine… j'aime vraiment beaucoup cette substance, j'ai tellement bien fait de la créer. Les mains de Nikola s'approchaient, il me saisit la patte et me passa la bague autour de la patte. Cela me fit très bizarre, j'avais la patte toute serrée dans ce ridicule petit anneau. J'allais prononcer quelques mots quand tout à coup une brosse voix se fit entendre.

—Sortez de là immédiatement et il ne vous sera fait aucun mal.

—Comme si vous pouviez nous faire du mal ! hurlai-je.

Ce fut la surprise générale. Le Maitre, Nikola et Yanh me fixaient comme si j'avais d'un coup changé de visage. Ils semblaient surpris.

—Cessez de me regarder comme cela bande d'humains, leur dis-je en les regardant. Laissez-moi m'occuper de ces andouilles.

—Pépé ? tu ... pourquoi tu parles comme ça ? demanda Yanh.

—Où as-tu trouvé ce chat Yanh ? Demanda Nikola.

—Il est tombé du ciel devant moi quand je rentrais au Monastère hier. C'est pour ça que je suis arrivé en retard.

—Je vois. Mais dans ce cas, qui es-tu ? et d'où viens-tu pépé ? demanda Blue.

—Je suis Esdraël, grand créateur de cet univers et je vais vaporiser ces abrutis.

—On vous entend ! Qui ose blasphémer ainsi ? demanda la grosse voix.

La surprise grandissait, à chaque phrase que je prononçais les humains semblaient perturbés. J'espère qu'ils vont comprendre rapidement, je ne voudrais pas avoir à en annihiler certains. Même si ça m'était déjà arrivé par le passé. La grosse voix reprit.

—Moi, le colonel Delapynsse, serviteur du grand roi Gry'Had je vous somme de sortir et de vous rendre, sinon je vais ordonner la destruction du champ et venir vous chercher.

—Venez donc ! Je vous attends bande d'écrevisses mal léchées ! répondis-je en prenant une voix encore plus grosse que la voix amplifiée du colonel.

Pour qui se prenait cet abruti de colonel Delapynsse ? Il osait parler ainsi à son créateur tout puissant ? Mes nerfs de chat commençaient à fatiguer. Il faudrait vite annihiler cette vulgaire écrevisse bipède pour que je puisse retourner à ma recherche de solution pour redevenir moi. Je n'aurais pas dû donner un tel égo aux Langoustiens. Au moins quand j'avais conçu les Homarsiens j'avais pensé à leur donner le respect d'autrui. Aurais-je commis une erreur ? Non, il me suffirait de les annihiler pour régler cela.

—Ceci était une insulte colonel ? demanda un des soldats.

—Oh que oui ! Lancez l'assaut ! Ingénieurs ! Ouvrez-moi ce champ de force, c'est un ordre.

Le colonel Delapynsse devenait rouge de colère, il n'aurait pas fait bon être devant lui et lui redire cette insulte. Les Ecreviciens étaient un peuple rival depuis des milliers d'années. Jamais une guerre n'avait pu conclure à la supériorité d'un camp ou de l'autre. Il était inacceptable cependant pour un digne Langoustien d'être traité comme un vulgaire Ecrevicien.

—Attendez colonel ! C'est notre chat ! Il ne sait pas ce qu'il dit ! Fit Blue un peu paniquée.
—Mais bien sûr que ... commençais-je avant d'être interrompu par Yanh qui me fixait. Je ne l'entendis pas parler mais je compris ce qu'il voulait dire. Il me fixait avec un regard qui signifiait « tais-toi s'il te plait on est déjà dans une situation pourrie alors ne va pas empirer la situation ».
—Sortez et présentez-nous vos excuses ! ordonna le colonel.
—Nous sortons, pas la peine de vous énerver. Répondit Nikola.

La petite troupe d'humains se mit en marche vers la sortie, Yanh me tenant toujours dans ses bras, je n'arrivais pas à savoir si c'était pour me protéger ou pour le protéger lui. La traversée des couloirs se termina rapidement. La grand porte était devant nous, Yanh me posa sur le sol derrière lui.
—Reste là Esdra'.
—Ne me donne pas d'ordre s'il te plait.
—Ce n'était pas un ordre sale bête ! C'était une recommandation, cria Blue.
—Ouvre cette porte ! cria le Colonel au travers de la porte. Sortez de là !

Le Maitre ouvrit la porte, et tous trois franchirent le seuil, le champ se désactiva à la demande du Maitre. Tous étaient désormais face aux soldats langoustiens. Ils étaient assez étranges, les humains n'en avaient vus que dans les livres d'Histoire Galactique. En effet ils s'étaient déjà retrouvés opposés lors de la guerre de la nébuleuse de la chaussette. Les Avezéens et les Langoustiens étaient alors alliés. Suite à la trahison du prince Avézée XXI, la guerre s'était retrouvée menée par trois camps différents et allègrement gagnée par les humains. Mais depuis, il était bien rare de voir les Langoustiens, dont l'égo avait été détruit par cette défaite. Seuls les biologistes en avaient vu, en effet leurs larves étaient de bons modèles d'études. C'était d'ailleurs là la cause de la guerre, les Avezéens trouvaient injuste que les humains se servent des œufs de leurs cousins aviens en cuisine et les Langoustiens eux, prônaient la fin de l'expérimentation sur leurs larves élevées et clonées en laboratoire. La guerre n'avait conduit à rien de ce point de vue-là.

Les langoustiens avaient deux pattes sur lesquels ils tenaient debout, leur station bipède presque parfaite et leur taille d'un mètre trente environ les rendait presque ridicules. Ils avaient une petite paire de pinces identiques et possédant trois callosités qui ressemblent vaguement à des doigts. Dans ces callosités, les Langoustiens tenaient des petites baguettes : leurs armes. De petites lances à venin. A l'origine les Langoustiens produisaient un poison violent, mais à force de mutations et de temps ils avaient perdu cette aptitude et s'étaient vus obligés de produire industriellement le poison pour leur armement. J'avais toujours trouvé ce soucis incroyablement drôle … Je les avais dotés de telles facultés et eux l'avaient perdue. Comme quoi avoir mis en place l'évolution n'était peut-être pas une bonne idée…

Ces considérations furent interrompues par le colonel visiblement exaspéré par les regards insistants qui le parcouraient lui et ses troupes.

—Cessez de nous reluquer ainsi ! ordonna le colonel.

—Oh ça va hein ! J'ai quand même le droit de contempler le résultat de ma création ! lui répondis-je.

Je sentis que j'avais dit une bêtise à l'instant où les soldats pointèrent leurs armes sur moi et les humains qui m'accompagnaient. La peur montait en moi, ce frisson désagréable. Je commençais à sentir que j'avais généré ce sentiment en mes créations... Par pur plaisir.

—Tu blasphème le chat, tu ferais mieux de ravaler tes propos.

—Mais non, je ne ravalerai rien du tout ! Ne parle pas ainsi à ton Dieu.

—Pour qui te prends tu ? ou plutôt, de quel droit te prends-tu pour Dieu ? demanda le colonel en s'avançant.

—Mais je me le permets par mon identité, je suis ton Dieu !

La colère montait dans l'esprit du colonel, il se crispait et tenait fermement son arme pour résister à l'envie de transpercer et de tuer cette vile créature devant lui. La résistance ne dura pas. Il perdit le contrôle et me planta sa lance sous le nez en hurlant.

—Montez dans ce vaisseau ! immédiatement !

—Très bien Grincheux ... Nous vous suivons répondis-je.

Le vaisseau s'ouvrit et la petite troupe pu monter. Les humains étaient désormais enfermés avec le Colonel et le chat. Le colonel leur installa des menottes, il ne jugea pas utile de m'en installer et n'en installa pas non plus à Yanh. Sans doute un gamin serait-il une bien faible menace.

Chapitre II

*Dans le vaisseau Langoustien * Espace intersidéral*

Les poignets de Blue étaient écrasés par les menottes magnétiques des soldats. Je les contemplais et je sentais qu'ils m'en voulaient. Je n'aurais peut-être pas du parler sur ce ton au colonel, mais pourtant c'était totalement exact … Il faudrait que je fasse attention. Ils m'avaient collé une pelotte de laine et je m'amusais comme un fou. Un désir irrépressible m'avait pris.
—Vous avez vu ça colonel ? demanda un des soldats en me désignant.
—Oui, rien d'anormal, c'est un chat.
—Non mais, cette étrange lumière dans ses yeux ! Regardez mieux ! fit le soldat en m'attrapant.
—Non mais ça ne va pas la tête ? Repose-moi ! ordonnai-je.

Une lueur bleue vive rayonnait de mes yeux. Je ne comprenais pas plus qu'eux ce qui se passait, étais-ce un retour de ma nature divine ? Ma réflexion fut interrompue par l'apparition devant moi d'un disque vert de lumière.
—Ne panique pas le chat, c'est un scanner, me fit un des soldats en blouse.
—Un scanner ? Mais pourquoi ? fis-je.
—Je cherche d'où vient cette lumière, je ne voudrais pas que l'on ramène un élément dangereux au Royaume.

—Je suis dangereux ! hurlai-je en sortant les griffes.

Alors que je sortais les griffes en songeant à m'en aller d'ici, une bulle sortit de ma patte droite. Elle était brillante et semblait chercher quelque chose, elle tournait devant nous. Le scientifique reculait, puis tourna son scanner vers la bulle ainsi apparue.

—C'est impossible … murmura-t-il.

—Qu'est-ce qu'il y a professeur ? demanda le colonel Delapynsse.

—Ces rayons que le scanner détecte... Ce sont …

—Oui ? Allez pondez vos œufs !

Cette expression était inconnue pour Yanh, son incompréhension se manifesta par une question qui retentit fortement dans la cabine.

—Maitre ? Ces crustacés pondent des œufs ? Comme nos écrevisses ?

—Oui, enfin apparemment mais ne parle pas trop fort. Lui répondit Blue.

Quand j'avais créé les Langoustiens, j'avais inséré en eux un certain égo et d'ailleurs c'était agréable de contempler son œuvre. Ils étaient parfaitement comme je les avais imaginés, avec la dévotion et l'intellect en moins. Pendant que ces pensées se promenaient en moi, la Bulle commençait à enfler.

—C'est … Colonel c'est la même signature que celle que l'on a détecté et qui nous a conduit sur Lanh-Yakéa.

—Traduisez enfin ! fit le colonel exaspéré par son incompréhension.

—Ce chat est la source du signal … Il faut le mettre en quarantaine, suggéra le scientifique.
—Très bien ! Attrapez-moi ce chat ! ordonna le Colonel.

L'agitation qui suivit rendit toute description compliquée, mais jamais une navette spatiale Langoustienne n'avait connu tel bazar. D'un point de vue extérieur un chat courant à la surface d'une bulle de lumière grossissant eut été très drôle. La bulle enflait toujours, sans que moi, le grand Esdraël ne puisse l'arrêter. Quel était donc cet étrange pouvoir ? Impossible à dire mais très pratique pour se débarrasser de ces petits crustacés. La surface de la bulle laissa passer Yanh, et bientôt mon tour vint. Les soldats et le maitre restaient comprimés contre la navette. J'étais dans la bulle avec Yanh, mes coussinets frémissaient et mes pattes battaient l'air comme pour trouver un appui, sans aucun succès. Yanh lui restait calme et tournait juste la tête autour de lui pour observer.
—Que fais-tu ? me demanda-t-il.
—Je ne fais rien ! tentai-je de répondre mais une étincelle vint stopper la conversation.
La bague de traduction venait de se casser.
—Oh non ! cria-t-il.

La bague ne fonctionnait plus, ces humains et ces Langoustiens ne me comprendraient donc plus. Quelle tristesse j'avais tant de grandes paroles à leur transmettre. Je songeais de nouveau à m'en aller. Je sentis une vague d'énergie parcourir mon être et s'échapper dans la bulle. Bientôt la bulle s'évapora laissant les soldats et le maitre libres dans le vaisseau.

Palais de la Reine Ivoriaah III * planète Aphe-Rycah

La reine Ivoriaah III était grande et élégante, enfin pour son espèce. Les Elfantoh étant de fières créatures appartenant au groupe des Pachydermes. Leurs cousins étaient disparus depuis longtemps et nul n'avait vu d'éléphant depuis des millions d'années.
—Majesté ? Voulez-vous un polisseur tout neuf pour vos sublimes défenses ? demanda une servante.
—Bien entendu enfin ! N'imaginez pas une seule seconde que je puisse m'en passer, répondit la Reine Ivoriaah.
—Tout de suite ô ma reine, fit la servante en sortant en courant de la pièce.

La pièce était spacieuse, un flot ininterrompu d'eau claire se terminait en moussant dans un grand bassin digne d'une petite mer. Un vent fit d'un coup son apparition. Une bulle se forma bientôt dans la pièce et entoura la reine pachyderme. Bientôt elle s'évanouit tandis que la servante revenait...
—Ô grande reine Ivoriaah ! Je vous apporte le polisseur que vous avez demandé, fit la servante en rentrant, elle eut juste le temps de voir la bulle et la reine disparaitre.

—Alerte !! cria-t-elle avant de s'arrêter.

A peine ce cri avait-il été émis qu'un drôle d'individu apparut dans une bulle identique à la première. La servante s'avançait et observa quelques secondes. C'était un enfant humain, ces créatures belliqueuses. Elle s'avança plus près et put voir que l'humain avait des yeux de chat.

—Que s'est-il passé ? demanda la servante face à l'enfant qui se tourna quand il la vit.

Dans mon esprit les choses se bousculaient, j'avais l'impression d'avoir changé, je ne sentais plus mes coussinets, ni même mes pattes ... Je ne contrôlais plus ma respiration. J'avais changé ... Et où étais Yanh ? Je ne le voyais pas autour de moi. Je sentais la panique monter en moi, je me sentais contrôlé par quelque chose ... Une voix se fit entendre dans ma tête.

—Que se passe-t-il ? interrogea la voix.

—Qui es-tu vile créature ? demandai-je, paniqué d'avoir à nouveau une rencontre avec une voix mystérieuse.

—Esdraël ? C'est toi ?

—Quoi ? Tu connais mon nom ? m'inquiétai-je.

—Ben ... tu nous l'a répété de nombreuses fois à moi et au Maitre. Qu'est ce qui nous arrive ?

—Yanh ?

—Oui !Il t'en faut du temps pour comprendre. Et tu dis que tu es un Dieu ? ricana Yanh.

—Je le suis, si tu ne me crois pas je peux te faire voir ... fis-je en me concentrant.

Je me concentrai sur l'idée de la création, lui faire voir ces moments. Yanh observait toutes mes

pensées, il voyait aussi bien que moi les souvenirs qui défilaient. Je lui montrais les étoiles, les premières choses que j'avais créé, puis je lui fis voir l'univers de l'extérieur, cette forme qu'il ne pourrait pas aborder, cette sphère sans bordure... Il ne pouvait pas l'appréhender depuis son corps d'humain, mais avec mon énergie il pourrait au moins la voir. Ma respiration devint haletante, il ne supportait pas cette vision... Nous fûmes ramenés à la réalité par la servante.
—Reine Ivoriaah ?
—Mais bien sûr ... Qui d'autre ? demandai-je en songeant au fait qu'il valait mieux se faire passer pour la personne cherchée plutôt que risquer l'emprisonnement.
—Je ne saurai vous dire Majesté, vous êtes différente ... Vos défenses ...
—Qu'est-ce qu'elles ont mes défenses ? hurlai-je. Elles ne vous plaisent pas ?
—Si, bien sûr que si ma Reine, mais... vous avez changé ... êtes-vous bien sûre d'être ma Reine ?
—Bien sûr enfin ! Qui d'autre ? assurai-je.
—Je m'en vais vous chercher un médecin ma reine ? Vous ne me semblez pas normale ! Acceptez-vous que j'y aille ?
—Faites ce qui vous plaît enfin ! Vous n'êtes tout de même pas mon esclave si ? fis-je exaspéré par ce stupide pachyderme.

Alors que je venais d'envoyer disposer la servante, Yanh nous fit avancer pour l'arrêter alors qu'elle allait franchir la porte. Sa voix retentit de nouveau dans ma tête.

—Il ne faut pas la laisser partir, elle est sans doute bien son esclave.
—Oui et alors ? En quoi est-ce notre problème ? demandai-je.
—Eh bien ! elle va donner l'alerte et nous serons démasqués et allons avoir des problèmes.
—Aucun souci, je vais lui enfoncer mes griffes tu verras !
—Tu n'as donc pas compris ? soupira Yanh.
—Compris quoi ?
—Nous sommes tous les deux dans mon corps là...
—Sérieusement ?
—Oui ! je pensais que tu l'avais compris ...
—Tout s'explique ! Il faut changer ça tout de suite, je ne supporterai pas plus longtemps d'être coincé dans le corps d'un humain.
—Eh ! tu vas te détendre, moi non plus ça ne me plaît pas de t'héberger. Et puis d'abord si tu es un Dieu fais nous sortir de cette situation.
—Je ne peux pas !
—Ahah ! voilà la preuve ! tu n'es pas ce que tu prétends être. Ces images que tu m'as montrées sont inventées. Tu n'es qu'un chat. Et si tu ne l'acceptes pas tu n'as qu'à te débrouiller mais je ne te laisse pas contrôler mon corps.
—Très bien ! Allez vas-y sale gosse ! boude donc !

Yanh attrapa la servante et lui demanda de rester puis me laissa seul maître des propos qui suivirent. Il ne me céda en revanche pas le contrôle du corps. Je tenais donc fermement la servante par l'épaule, elle avait une peau très dure et dépourvue de poils.

—Que faites-vous ma Reine ? demanda la servante.

—Je vous empêche de partir, restez avec moi. Vous n'avez qu'à caresser mes oreilles. Fis-je toujours immobilisé par Yanh.

—Comme vous voudrez ma Reine, mais … C'est habituellement interdit … et puis, où sont-elles ?

—N'ayez crainte, je vous le demande.

La servante commença un massage des oreilles, c'était agréable. Elle avait des pattes si délicates, personne ne l'aurait cru si on l'avait dit, la pauvre semblait perturbée par quelque chose. Les quatre doigts de la servante caressaient mes petites oreilles et un silence pesant s'installait petit à petit. Une envie de faire la conversation me vint soudain.

—Que faîtes-vous ce soir ma chère ?

—Majesté ! Que dites-vous là ? fit-elle en me lâchant.

—Que se passe-t-il ? m'inquiétais-je.

—Déjà, vous n'avez pas vos oreilles habituelles, ni vos défenses, et puis votre comportement … commença-t-elle.

Elle était tendue en disant cela. Je sentais bien qu'elle se doutait de quelque chose, il fallait que cet abruti intervienne.

—Non mais tu n'as pas bientôt fini d'insulter le propriétaire du corps que tu squatte ? reprit Yanh en revenant de sa bouderie.

—Qu'est-ce que tu es susceptible ... fis-je tout haut tandis que la servante s'en allait terrifiée sans demander son reste.

*Site d'atterrissage * Planète Oph'owr*

Le vaisseau se posait, un contingent de la garde royale avait été dépêché sur place par le roi Gry'had lui-même suite à une communication indiquant une métamorphose. L'anomalie avait été transformée en un être hideux, personne n'avait jamais vu quoi que ce soit de tel dans sa vie. Le colonel Delapynsse avait donc jugé prudent de l'attacher fermement et d'appeler le roi pour obtenir de nouveaux ordres. Maitre Blue, le colonel et la passagère métamorphosée sortirent entourés par les soldats.

—Mon bon roi, voilà la créature qui vient de nulle part. Fit le colonel Delapynsse en désignant la créature avec de grandes défenses et de larges pattes.

—Qu'êtes-vous ? demanda le roi Gry'Had.

—Je suis la Reine Ivoriaah III de la planète Apherycah. Commença la créature.

—Ahahah ! Enfermez-moi cette mythomane dans les cachots. Cette planète n'existe pas ! fit le roi.

—A vos ordres mon roi. Que devons-nous faire de cette femelle humaine ?

—Enfermez-la également. Nous allons rassembler un tribunal pour décider de leur sort. Donnez-leur à manger.

—C'est inacceptable ! hurla la Reine Ivoriaah en se débattant tandis qu'on la conduisait vers un véhicule.

*Cachots du palais * Planète Oph'owr*

Les soldats accompagnèrent donc les deux prisonnières jusqu'aux cachots, bien que le nom puisse laisser présager d'un endroit sombre, il n'en était rien. En fait on aurait pu penser que le summum de la modernité était présent dans ces cachots tellement le design des lieux était recherché. Le maitre Blue et la prétendue reine étaient désormais seules dans une cellule bien éclairée et moderne. Elles entendaient les soldats rire de leur capture tout en se rendant au réfectoire pour manger.
—Quelles manières que de traiter une reine de mon ampleur, de ma qualité, de ma stature ainsi... fit la reine Ivoriaah.
—De traiter des dames s'il vous plait ! il n'y a pas que vous !
—Des dames, des dames ... on aura tout entendu ... fit la reine avec dédain.
—Redescendez d'un ton Majesté. Ordonna le maitre avec une voix méprisante.
—Bon, très bien. Quand mes soldats arriveront nous allons voir. Rétorqua la Reine en s'installant sur sa couchette magnétique.

La couchette avait l'air si confortable que le maitre Blue s'installa sur la sienne. Elle contemplait cette créature, un spécimen adulte d'Elfantoh … Jamais elle n'avait eu la chance d'en voir un ailleurs que dans les livres de légendes anciennes. Le grand Harry Stoat les avait bien décrits dans un ouvrage de biologie exotique paru il y a de cela trois cent ans, mais personne n'avait cru qu'il les avait vraiment rencontrés. En même temps, ce pauvre bougre était encore aujourd'hui exilé sur une planète désertique. Il n'avait pas bien pris les retours de la communauté scientifique sur son ouvrage. La prétendue reine avait deux paires de défenses sur le visage, l'une prenant racine sur les côtés d'une ridicule trompe devant mesurer dans les trois centimètres, l'autre prenant sa source au niveau de son menton. Enfin s'il était possible d'appeler cela un menton. Ses mains, ou plutôt pattes antérieures, étaient dotées de quatre gros doigts avec lesquels imaginer coudre ou tracer des figures géométriques était impensable.

La reine était couchée, elle avait les yeux fermés et réfléchissait aux évènements, elle n'avait toujours pas reçu son polisseur pour ivoire... Ses défenses allaient devenir moins agréables à regarder. Il fallait remédier à cela rapidement. Elle prit quelques instants pour contempler la cellule et sa camarade. L'humaine avait l'air petite, un corps assez effilé et elle portait deux grandes vitres devant les yeux. Le tout posé sur une structure de métal posée sur une trompe incroyablement réduite. C'est peut-être ce que les naturalistes avaient décrit comme étant un « nez ». Jamais elle n'en avait vu, en effet aucun humain n'avait été vu depuis des millénaires. Il y a bien eu une fois un humain venu en exploration, il n'avait vu qu'un petit groupe d'adolescents en sortie pour les vacances. Les humains étaient en revanche très présents dans les légendes, ils étaient réputés pour leur désir ardent de richesses et de violence. Ils auraient décimé des villages entiers, des mondes même. Cette humaine qui était avec moi enfermée, ne leur ressemblait pas. Elle avait bien les caractéristiques des humains : orgueil, antipathie, odeur nauséabonde, yeux tout petits et corps un peu gras. Cependant elle ne semblait pas violente.

Les pensées de la reine vagabondaient à son palais, qu'était-il advenu à sa servante ? S'était-elle aperçue de sa disparition ? L'inquiétude gagnait la reine tandis qu'un garde apparut devant le champ de force qui maintenait la cellule verrouillée.

—Vous savez, ils vont nous laisser seules, nous ferions mieux de discuter. Commença le maitre.
—Vous avez sans doute raison. Quel est votre nom ? Je suis Ivoriaah III, grande reine de la planète Aphe-rycah.
—Je suis la directrice du Monastère de Lanh-Yakéa, grand maitre et spécialiste en sciences universelles.
—Oh, vous êtes donc de ces gens cultivés qui pensent que la science fait le pouvoir ?
—Oui, mais vous savez, c'est plus qu'une simple croyance c'est un fait. De plus, je pense savoir que je peux vous aider à vous échapper d'ici.
—Ah bon ? répondit la reine intriguée.

—Oui, j'ai vu ce qui s'est passé pour votre arrivée ici, je pense que vous pouvez aider à reproduire le phénomène.

—Expliquez-moi tout. La pria la reine.

—Ce ne sont que des hypothèses, mais je pense que mes camarades se sont téléportés à votre place, si je ne me trompe pas ils vont revenir et vous échanger de nouveau.

—Vous pensez ?

—Oui, c'est imminent. Si vous dites vrai et que vous êtes reine. S'il vous plait, venez nous en aide et nous vous récompenseront par un droit d'accès pour vos enfants à notre école. Une des plus réputées de la galaxie.

—Je serai honorée maitre de vous venir en aide et d'ainsi favoriser la paix entre nos peuples. Fit la reine.

*Palais de la Reine Ivoriaah III * planète Aphe-Rycah*

La servante de la reine était arrivée à l'entrée du palais. Elle était essoufflée et sa trompe tremblait encore des récents évènements. Elle interpela un des gardes.

—Garde ! La reine a été … enlevée et remplacée !

—Quoi ? Que dites-vous ? fit le garde visiblement paniqué

—La reine … Enlevée … Remplacée ! Humain !

—Calmez-vous ! j'espère que ce n'est pas encore une plaisanterie … Vous savez ce que vous risquez si c'est encore faux … le roi Ivorien IV a

déjà annoncé votre exécution si l'on vous reprend à mentir ainsi.
—Allez donc vérifier plutôt ! fit la servante.
—J'ai déjà été vérifier deux fois rien que ce mois-ci.

Le garde se remémorait la semaine passée, la servante avait couru jusqu'à l'entrée du palais en hurlant des choses catastrophiques : la reine se serait noyée. Quand il était arrivé il pouvait l'entendre trompeter dans son bain au travers de la porte. Il fallait quand même aller vérifier, si par malheur quelque chose était réellement arrivé alors il faudrait agir. Le garde fit signe à deux collègues de prendre sa place et à un autre de l'accompagner à l'intérieur.
—Très chère, j'espère pour vous qu'il y a réellement eu quelque chose. Fit le garde.
—Oh que oui mon brave ! Je vous promets que jamais plus je ne ferai une plaisanterie de la sorte ! lui dit la servante.
—J'en doute mais, allons vérifier. Où était la reine ? la questionna le garde.
—Dans sa salle de bain. Je m'apprêtais à lui donner son polisseur. Fit-elle en montrant le polisseur dans sa poche.

Le petit groupe avançait, les gardes étaient tendus, si une quelconque catastrophe s'était produite il faudrait appeler un expert. Personne n'avait encore été confronté à un problème. A part les mam'outes, la troupe d'élite royale. Personne n'aimait avoir affaire aux mam'outes, ils n'étaient pas réputés pour leur intelligence supérieure et leur délicatesse. La porte de la salle de bain était désormais devant eux. Ils se regardèrent et restèrent muet une seconde quand une voix rompit le silence.

—Regarde-moi ça ... la bague est dans un sale état.

Aucune réponse ne fut perçue par le groupe caché derrière la porte. Très rapidement, la voix retentit de nouveau.

—Il faudrait que l'on trouve ton ami pour qu'il la répare. Et aussi qu'on découvre comment inverser ce qui s'est passé.

Dans la tête de Yanh c'était le bordel le plus complet : aucun des deux colocataires ne pouvait s'entendre penser, et aucun d'eux n'entendit la porte de la salle de bain qui s'ouvrit.

—Levez les pattes en l'air l'humain ! ordonna un des gardes

—Où est là reine Ivoriaah ? demanda la servante.

—Revoila la petite servante, et cette fois elle nous amène des camarades de jeu on dirait. Fis-je.

—Cessez de parler de nous de la sorte, nous sommes les gardes du palais !

—Et moi je suis le grand Esdraël ! répondit-je sur un ton des plus sérieux.

—Vous vous fichez de nous ? Esdraël est mort depuis des milliards d'années ! fit la servante.

Parmi toutes les histoires que j'avais entendues jusque-là, celle-ci était la plus perturbante. D'où leur venait une information aussi « fiable » ? Il faudrait élucider ce mystère plus tard. Je jaugeai la situation, les gardes bloquaient la seule porte : aucune échappatoire de ce côté-là. Yanh intervint dans notre tête.

—Tu ne peux pas refaire ce que tu as fait tout à l'heure ? demanda-t-il.
—Mais quand ça ? fis-je exaspéré.
—Ben tout à l'heure, quand nous étions avec les soldats Langoustiens. Tu nous as isolés dans une bulle qui semble nous avoir téléportés et échangés avec la Reine Ivoriaah. Il serait peut-être bien de reprendre notre place et de la faire revenir ?
—Sans doute oui, tu veux vraiment ? Va savoir ce qui va arriver si l'on refait cette chose… Et puis je ne saurai pas le refaire… fis-je.
—Moi je pense pouvoir le refaire si tu me laisses accéder à tes souvenirs ! fis Yanh.
—Si c'est ce que tu souhaites… mais explore les vite… lui répondis-je, et ne met pas le bazar là-dedans ! les conséquences seraient terribles.

Dans la mémoire d'Esdraël

Yanh se trouvait désormais dans le vide. Il n'y avait rien autour de lui. Il sentait la présence d'Esdraël mais aucun élément physique. Le vide était vraiment vide, Yanh en était presque choqué. Il se demandait par où passer pour arriver au bon souvenir. Alors qu'il essayait de faire apparaître le bon instant, mais ce fut une explosion formidable qui apparut devant ses yeux : quel spectacle splendide. Si Esdraël pouvait expliquer ce qui se passait ce serait encore mieux.

Bientôt Yanh pouvait sentir Esdraël s'agiter, il songeait aux étoiles. Les étoiles prirent vie instantanément dans des nuages d'hydrogène. L'Univers prenait forme devant les yeux innocents de Yanh, il n'en comprenait qu'une petite portion et il songea que maitre Blue aurait été bien heureuse d'assister à ce spectacle digne d'un dieu. Esdraël avait donc dit la vérité : il était le créateur. Une voix retentit bientôt dans l'esprit du jeune homme.

—Yanh ? Tu trouves ? fit Esdraël.

—Non, j'observe ta création là ! ce n'est pas inintéressant mais j'aimerai un coup de main.

—Okay donne-moi une seconde.

—De toute façon je n'ai pas le choix.

—Non en effet ! je ne vous ai pas dotés du libre arbitre tu sais !

—Quoi ?

—C'est bon ça va … ce n'était qu'une petite plaisanterie. Je m'essaie à l'humour ! fis Esdraël.

—Moins de plaisanterie, plus d'action car là je suis perdu dans un dédale de souvenirs !

Tout se mit à tourner autour de Yanh. L'Univers laissa place au vaisseau des Langoustiens. Désormais Yanh sentait ce que je sentais. C'était très perturbant, il ne parvenait pas vraiment à se concentrer, ma voix retentissait toujours dans sa tête…

—Tu y es ?

—Oui ! merci ! maintenant laisse-moi visionner en paix !

—Quand tu t'y mets tu parles vraiment mal tu sais ! le réprimandais-je.

—Tu m'empêches de bien comprendre !

—Et tu ne pouvais pas simplement le dire ? grondais-je.

—J'aurais pu mais un certain dieu a une trop grande gueule !

Le silence que je laissais révéla sans doute à Yanh que j'avais été choqué car il me jeta un « je suis désolé ». Il ne se rendait pas compte cet abruti que c'était vraiment insuffisant que de s'excuser après avoir frappé quelqu'un de la sorte. Les choses tournaient encore, cette fois il entendait mes songes. Il savait exactement ce que je songeai au moment de la formation de la bulle.

—J'ai trouvé ! fit Yanh

—Ah ? Raconte-moi vite car je crois qu'ils arrivent ! lui dis-je.

—Tu pensais à te déplacer avec moi ! et ça a suffi on dirait.

—Es-tu sur de toi ?

—Il va falloir tenter le coup, mais pense à la reine au cas où ! me fis Yanh.

Cachots du palais* Planète Oph'owr

Le garde était planté devant le champ de force et regardait les deux prisonnières. Il ne semblait pas avoir mieux à faire que de faire un va et viens avec ses yeux entre les deux malheureuses. Bientôt les deux l'observèrent et ouvrirent leur bouche en même temps.
—Libérez-nous ! hurlèrent-elles d'une même voix.
—Et puis quoi encore ? vous voulez une table pour jouer aux dames ? ricana le garde en les fixant toujours.
—Si je puis me permettre d'exiger un polisseur d'ivoire plutôt ... fit la reine.

Le maitre Blue écarquilla les yeux, la reine lui inspirait du dégout et en même temps de la pitié. Le garde Langoustien avait un petit détail inquiétant. Elle ne savait pas trop lequel mais en tout cas un détail la chiffonnait. Le colonel choisit ce moment précis pour arriver devant les cellules.
—Autre chose mesdames ? demanda le colonel Delapynsse.
—La liberté ? demanda la reine.
—Non ! Vous devez nous dire comment vous avez fait. Je ne vous laisserai pas partir avant d'avoir compris.
—Mais fait quoi ? demandèrent les deux femmes d'une même voix.

—Vous avez créé de la matière à partir de rien. Répondit le colonel.
—Absolument pas ! fit maitre Blue.
—Je n'ai rien fait de tel cher colonel Pynsse-machin. Dit la reine.
—Pourquoi très chères vous avez des traces des radiations spécifiques à cette anomalie ? En plus vous n'étiez auparavant qu'un enfant et un chat !

Le colonel était visiblement agacé de ne pas parvenir à obtenir d'indices sur la réelle identité de ses prisonnières. La nervosité se lisait sur ses pattes tremblantes.

—Allez ! Parlez et vous serez libres vite ! dit le colonel.
—Mais nous n'avons rien à vous dire … fit le maitre.
—Et puis ? qu'est-ce que ce chat qui se transforme en pseudo-reine ? Demanda le Colonel.
—Alors, sur ce point, je ne saurai vous éclairer cher colonel. Lui répondit le maitre.

Blue était inquiète, il était vrai que son élève et le chat s'étaient volatilisés et que la reine était apparue à leur place. S'étaient-ils vraiment transformés en elle ? les deux prisonnières se regardèrent et décidèrent, par un simple regard, de ne pas continuer à parler au colonel. Quand celui-ci comprit ce qui se passait il tapa sur le champ de force de ses pinces puissantes et lança un juron de douleur dans sa langue maternelle avant de s'en aller. Les prisonnières échangèrent un regard complice et entamèrent une conversation.

—Vous êtes vraiment reine n'est-ce pas ? demanda le maitre.

—Oui, et vous ? l'interrogea la reine.

—Je suis enseignante, et mon élève a disparu avec son chat quelques instants avant votre apparition. Auriez-vous une idée de ce qui s'est passé ?

—Aucune, et vous ?

—Non plus. En revanche je pense que nous devrions nous reposer. Le colonel va revenir et tenter d'en apprendre plus.

Les deux prisonnières s'endormirent en même temps, leur sommeil ne fut pas perturbé avant l'aube. Les deux soleils pointèrent le bout de leur nez à l'horizon. Au réveil le colonel était là, il les regardait. Il désigna la reine et parla.

—Vous ! venez là ! ordonna-t-il.

—Non ! je refuse ! gronda la reine.

—Laissez, je vais y aller en premier. Répondit le maitre Blue en clignant d'un œil quand une bulle commença à se former autour de la reine.

—Que … ? commença la reine.

—Revenez pour moi ! fit le maitre en sortant avec le colonel qui n'avait rien vu du tout.

*Salle du trône du roi Gry'Had * Planète Oph'owr*

L'aube venait de se lever, les soleils étaient bien visibles maintenant. Le Roi avait demandé un entretien au colonel. Celui-ci avait répondu et était désormais devant lui.
—Mon roi ? Que puis-je pour votre majesté ?
—Avez-vous avancé avec les prisonnières ? demanda le roi
—Pas le moins du monde, mais je vous ai apporté une des prisonnières, ainsi vous pourrez lui poser vos questions mon roi.
—Très bien, faites-la avancer.

Au même moment, un soldat arriva en courant et hurlant.
—Le chat et l'enfant sont apparus, la reine s'est évadée !

*Palais de la Reine Ivoriaah III * planète Aphe-Rycah*

Nous étions désormais encerclés, nous pensions tous les deux à rejoindre la reine. Une bulle apparut autour de nous, les gardes et la servante reculaient.
—Que faites-vous ? demanda un garde.
—Nous rentrons ! au revoir chers amis ! dis-je enjoué.

La bulle éclata et laissa place à la reine visiblement désorientée, mais bel et bien saine et sauve. Quand elle prit conscience de son retour elle lança un ordre d'une voix puissante :

—Trouvez la planète Oph'owr, et envoyez nos troupes là-bas. Il y a une femme à libérer.

Chapitre III

Cachots du palais* Planète Oph'owr

Alors que le maitre venait de quitter la cellule avec le colonel, Yanh et Esdraël se matérialisèrent dans celle-ci.

—Tu vois ça a marché ! s'exclama Yanh.
—Pas vraiment … fis-je.
—Que veux-tu dire ? demanda Yanh en se grattant derrière l'oreille.
—Eh bien … tu sembles être devenu un chat … fis-je.
—Mais … si je suis toi, comment me comprends-tu ?
—Je ne sais pas, peut-être bien que c'est ma nature divine et le fait d'avoir créé les chats … Non ?
—Tu remets ça … Décidément …

Yanh eut un sursaut et plaqua ses pattes contre son visage : il avait des coussinets ! la peur monta en eux, ils avaient fait une erreur durant la téléportation et la séparation. Je me disais bien que j'étais trop grand pour être redevenu le chat que j'étais quelques temps avant. Les deux se regardèrent, les yeux de Yanh dans ce corps de chat faisaient peine à voir, pourquoi me sentais-je mal en voyant le malheur dans ses yeux ? Serais-je en train de m'attendrir ? Non c'était impossible, je devais retrouver mon état divin le plus rapidement possible. Ma réflexion fut interrompue par l'arrivée d'un groupe de soldats Langoustiens.

—Où est la prisonnière ? demanda le premier d'entre eux.
—Qui ? demandai-je.
—La pseudo-reine. Qu'en avez-vous fait ?
—Est-il possible que l'on ait pris la place de quelqu'un ? demandai-je à Yanh.
—Je pense oui, ils cherchaient leur reine là où nous étions ces dix dernières minutes. Me répondit-il.
—Comment ça ? ça fait déjà une journée que l'on détenait la Reine ici. Réagit un des gardes.
—Quoi ? une journée ? fit-je.
—Oui une journée !

Alors que la conversation se stoppait à ce stade, le scientifique présent au monastère la veille arriva. Il écoutait depuis quelques instants et avait capté la fin de la conversation. Il semblait pensif en s'approchant de la cellule.
—S'il vous plaît gardes, veuillez me laisser examiner les deux prisonniers. Demanda le scientifique.
—Et de quel droit ? demanda un des gardes.

Le scientifique sortit de sa poche une tablette, il montra quelque chose dessus et reprit la parole sans prendre la peine de demander le silence.
—Maintenant veuillez me laisser seul avec eux. J'ai des tests à réaliser.
—Très bien si c'est en rapport avec le message alors vous pouvez procéder, nous reviendront ensuite.
—Parfait ! je vous préviendrai quand vous pourrez disposer des deux prisonniers.

Les gardes sortirent des cachots, nous laissant seuls avec le scientifique. Il sortit un appareil de sa poche, un disque vert : le même que celui qu'il avait utilisé sur la bulle la veille dans le vaisseau. Il nous scanna avec son appareil et il soupira et prit la parole.

—Ainsi c'est vous ? demanda-t-il.

—Qui ça nous ? demandai-je.

—Vous êtes Esdraël n'est-ce pas ?

—Oui, je n'ai fait que le répéter ces derniers temps, vous semblez être le premier à me croire.

—Eh bien, je ne crois en réalité que mes relevés. Vous contenez une énergie étrange : le divinium. Je l'ai découverte lors de mes travaux sur l'origine de l'Univers, cette énergie est à la base de tout. Vous en êtes une source nouvelle.

—Le quoi ? demanda Yanh sans être compris par le scientifique.

—S'il te plait le chat ! laisse-nous parler entre grandes personnes. Le suppliais-je.

—Non mais eh ! libère mon corps on verra un peu ! miaula Yanh toujours sans être compris.

—Votre chat semble très nerveux Esdraël, voulez-vous que je l'endorme ?

—Non ce ne sera pas nécessaire. Fis-je. Avez-vous un nom cher ami ?

—Je suis le professeur Archie Mhed, physicien du roi Gry'Had. Attaché à l'observatoire royal de l'Univers.

—Très bien Archie. Dites-moi tout ce que vous savez sur le divinium ! Sinon je vais vous faire voir ma puissance !

Archie partit dans une grande explication, il racontait comment il était sorti de l'ORU avec un doctorat en physique fondamentale à l'ORU. Il avait passé des années entières à étudier les origines de l'Univers et avait découvert grâce à un heureux hasard, une trace d'énergie résiduelle diminuant depuis l'aube des temps. Cette énergie dictait l'expansion de l'Univers et les grandes lois. Archie raconta aussi que dans les zones où le divinium avait diminué de façon critique, certaines lois universelles perdaient leur cohérence.

—Ainsi il existe quelque chose dont je n'ai pas connaissance ? Quelque chose que je n'ai pas créé ? Demandai-je.

—Oui. Cette énergie est … Non laissez tomber. hésita le docteur Mhed.

—Non, dites-moi tout professeur.

—Très bien, je reprends.

Cette énergie par endroit voyait sa valeur diminuer plus vite qu'à d'autres endroits, de nombreuses mesures avaient révélé qu'en fait quelque chose se déplaçait et absorbait cette énergie, comme si cette chose s'en nourrissait.

—Une créature qui se nourrit de divinium ? fis-je surpris

—Oui. Je l'ai trouvée et baptisée Hab'Zazzel. Cette créature démoniaque se nourrit de l'énergie relâchée lors de la création du monde. Une énergie que vous avez dégagée.

La conversation prenait une tournure de discussion entre savants, je ne supportais pas de découvrir que quelqu'un siphonnait une partie de ma création, aussi involontaire soit la création de cette énergie, je devais agir. Le professeur indiquait qu'il l'avait trouvée.

—Où est cette chose ? demandai-je.

—Pardonnez-moi, je pensais l'avoir trouvée. Mais en fait les nouveaux relevés indiquent que c'était vous. Notre satellite n'avait encore jamais mesuré d'accroissement du taux de divinium. Il nous a juste signalé une variation anormale sur la planète Lanh-Yakéa.

—Ah ... Je vois... C'est ainsi après moi que vous courriez ? demandai-je.

—Ils te cherchent Esdraël ? demanda Yanh sortant de son silence mais toujours dans l'incompréhension du professeur Mhed.

—Oui ils me cherchent. Répondit-je à Yanh.

—Vous parlez à votre chat ? Tout va bien ? demanda le professeur Mhed.

—Oh ! ce n'est pas un chat, enfin si mais pas un vrai chat. J'étais ce chat il y a quelques temps. Un accident de téléportation ... fis-je.

—Je pense pouvoir faire quelque chose, je vais aller discuter avec le Roi pour savoir ce que je peux faire pour vous. Restez ici.

Alors que le professeur Mhed quittait la prison, je restai ahuri par ce qu'il avait dit « restez ici » ... Encore un humain des plus dégourdis intellectuellement. J'avais en effet raté quelque chose lors de leur création, j'aurais quand même pu les doter d'une réelle intelligence.

—Non bien entendu ! nous partons ! fit-je sans qu'il m'entende.

—Il ne t'a pas entendu Esdraël.

—J'ai bien compris, j'espère que cette chose qu'il a découverte n'est pas en chemin pour me retrouver … Sinon on va se retrouver face à un vrai problème.
—Nous nous en inquièterons quand nous aurons retrouvé nos corps. Fit Yanh, il faudrait également retrouver le maitre.

*Salle du trône du roi Gry'Had * Planète Oph'owr*

Le professeur Mhed entra dans la salle du trône, le roi siégeait à sa juste place : sur le trône. Le professeur s'avança sans être stoppé par les gardes. Le roi lui fit signe d'avancer.

—Professeur Mhed bonjour.

—Bonjour votre majesté, j'ai pu obtenir des informations que notre très cher colonel n'a pas réussi à avoir. J'ai obtenu la confiance des prisonniers.

—Bien joué professeur, pensez-vous qu'ils sont en mesure de vous aider à arrêter la créature ?

—Je ne pense pas qu'ils soient capables de le faire depuis nos cachots. De plus, j'aimerai parler seul à seul avec l'autre prisonnier si cela ne vous ennuie pas. Demanda le professeur

—Aucun problème, voulez-vous être secondé par le colonel Delapynsse et ses hommes ? proposa le roi.

—Non, gardez vos soldats loin de mon laboratoire. Je préfère travailler avec mon esprit plutôt qu'avec vos armes.

—Bien entendu je vous laisse la possibilité de faire appel au colonel si vous en avez besoin. Allez professeur, sauvez notre royaume ! fit le roi Gry'Had.

—Je vais m'y atteler, où est la dernière prisonnière ?

—Elle vient de retourner dans sa cellule. Vous l'y retrouverez sans problèmes.

—Très bien mon roi, puis-je les faire sortir et les garder au laboratoire ? demanda le professeur Mhed.
—Accordé. Mais je veux des résultats !
—Bien entendu majesté.

Le professeur quitta la salle du trône, le roi restant immobile et songeur, comme inquiété par ce qui allait se passer si le chercheur ne trouvait pas rapidement de solution.

Dans le palais * Planète Oph'owr

Des pas se firent entendre, quelqu'un venait. La porte du cachot s'ouvrit puis ce fut le tour du champ de force. Un garde ramenait le maitre Blue. Elle nous regarda et nous fit signe de rester calmes. Nous attendîmes donc que le garde referme sa cellule pour commencer à parler. Il quitta le cachot et referma la porte.

—Vous voilà vous deux ! je commençais à m'inquiéter pour vous. Fit le maitre.

—Tout va bien, ne vous en faites pas. Fis-je.

—Non tout ne va pas bien ! fis Yanh sans être le moins du monde compris.

—Ben alors Esdraël, tu as cassé ta bague ? demanda le maitre au chat.

—Oui, je l'ai cassée mais maintenant que j'ai ce nouveau corps je n'en ai plus besoin. Et puis de toute façon Yanh n'est qu'un enfant ses propos sont inutiles. Fis-je.

—Vous n'avez pas le droit ! fit le maitre.

—Au contraire, j'ai tous les droits vous savez. Je vous ai enfantés tous autant que vous êtes. Alors j'ai le droit.

—Admettons, rendez-lui la parole si vous êtes vraiment Esdraël. Les légendes racontent que vous en avez le pouvoir.

—Ça ne va pas être aussi simple. Désolé. Je ne peux pas.

—Bon, laissons ce problème pour l'instant, il va falloir s'échapper d'ici et rentrer au monastère. Fit le maitre.

—Mais non ! on ne laisse pas ce problème ! dit Yanh sans être écouté : des pas arrivaient.

Le professeur Mhed revenait. Il s'approcha et ouvrit les deux champs de force. Il nous regarda quelques secondes. Nous étions comme pétrifiés : il venait nous libérer.

—Me revoila vous deux ! quand à vous ... Nous devrions discuter mais nous ferons cela au laboratoire. Sortez tous !

—On ne va pas se faire prier ! merci Archie. Fis-je.

—De rien, allez venez ici vous tous ! nous allons à mon laboratoire.

Il leur fit signe de sortir du cachot, et de s'installer sur une dalle bleue. Il composa un code sur un tableau dans le mur, un flash survint et tous apparurent dans une grande pièce couverte de photos d'étoiles, de galaxies et recouverte de carrelage. C'est le maitre Blue qui intervint en premier.

—Magnifique laboratoire professeur !

—En effet, nous allons devoir nous servir de l'ensemble de mes ressources. Nous avons un ennemi à débusquer.

—Un ennemi ?

—C'est là une longue, très longue histoire, cher maître. soupirais-je.

Le professeur Mhed recommença donc son histoire, il expliqua ce qu'il avait mesuré et compris, puis décrit dans ses rapports, le maitre semblait comprendre et le professeur appréciait visiblement de parler avec quelqu'un de son niveau. Pendant ce temps, Yanh et moi nous fixions, lui sans doute jaloux d'avoir hérité d'un corps de chat alors que je jouissais du sien.

Vaisseau amiral de la flotte Elfante

Le vaisseau trônait fièrement en orbite, le palais était visible depuis l'espace. Il était grand, circulaire et composé de plusieurs petits blocs. Tout était construit dans un marbre impeccable, selon les directives du roi Ivorien Ier. La reine Ivoriaah III s'avança pour prendre place sur son trône derrière le siège du pilote.

—Amiral ? demanda Ivoriaah.
—Oui ma reine ?
—Avez-vous localisé le monde dont je vous ai parlé ?
—Oui ma reine, le cap est configuré, le saut hyperspatial va avoir lieu d'ici quelques secondes. Répondit l'Amiral.
—Parfait, dans ce cas, dites à vos troupes de se tenir prêt. Nous allons débarquer à la surface dès que ce sera possible. Ce peuple de sauvage détient une amie.

Le tunnel hyperspatial s'ouvrit, le vaisseau amiral s'y engouffra instantanément, le pilote fixait ses écrans avec attention, il ne voulait pas détruire le vaisseau en se relâchant. Chaque voyage était très éprouvant. La sueur perlait sur son front et sa trompe s'agitait pour évacuer ce liquide insupportable.

—Que vous arrive-t-il ? demanda la reine au pilote.
—Rien ma reine. Répondit-il.
—Ne me mentez pas, je vois votre trompe s'agiter.

—En effet ma reine, je transpire. Veuillez m'excuser. Avoua le pilote gêné.
—Oh si ce n'est que ça.
—Oui ma reine, ce n'est que ça. Répondit-il en tapotant les boutons de sa console.

Le voyage progressa, ils étaient déjà arrivés à la moitié du chemin quand un tremblement survint. Le vaisseau avait été secoué par quelque chose. Le pilote était paniqué devant ses écrans. Il appuyait frénétiquement sur tous les boutons et déclencha l'alerte générale.
—Que se passe-t-il ? demanda la reine.
—Je ne sais pas ma reine. Hasarda le pilote paniqué.
—Ne vous payions nous pas pour que vous sachiez justement ?
—Si ma reine, je travaille sur le souci. Je … commença-t-il

Alors que le pilote en prenait pour son matricule, une onde de choc parcourut le vaisseau. Quelque chose avait heurté le vaisseau, quelque chose qui se déplaçait dans l'hyperespace sans problèmes. Les tremblements du vaisseau reprirent. Le pilote coupa les moteurs supraluminiques et fit un état des systèmes une fois qu'ils furent sortis de l'hyperespace.
—Ma reine, nous avons un problème.
—Quel est donc ce problème ?
—Nous avons heurté un objet dans l'hyperespace.
—Comment cela est-il possible ? demanda la Reine.
—Je ne sais pas, c'est la première fois que je vis pareille situation. Il n'y a pas de précédent.

—Dans ce cas, trouvez ce qui s'est passé et reprenez la route. Une amie compte sur nous. Ordonna la reine.
—Très bien ma reine. Voulez-vous que l'on scanne l'hyperespace à la recherche de la chose que l'on a percutée ?
—Ah parce qu'il vous fallait un ordre ? railla la reine.
—Je m'en occupe tout de suite, nous ne pourrons pas repartir avant la fin du scan.
—Combien de temps devrait-il prendre ?
—Quelques minutes tout au plus.
—Parfait, calculez notre nouvelle trajectoire et préparez les canons à plasma.
—Pourquoi activer les canons ma reine ? Aucun vaisseau n'est dans les environs. Indiqua le pilote en proie au doute.
—Ne discutez pas, activez ces canons.

Les canons activés, le scan toujours en cours, un nouveau tremblement se fit sentir : quelque chose bousculait le vaisseau. Celui-ci tanguait comme un bateau sur les océans. La panique gagna rapidement l'équipage Elfantoh. Les soldats rejoignirent leur poste de combat et se tinrent prêts à tirer sur la chose qui causait ces secousses. Les scanners ne révélaient rien, rien d'autre que le vide spatial et ce sur les cinq dimensions scannées.
—Ma reine ?
—Oui ?
—Les scans sont terminés. Aucun résultat. Il n'y a rien dehors, chuchota le pilote comme craignant

d'être entendu par la chose responsable des secousses.

—Dans ce cas, repartons immédiatement ! Nul besoin de rester là.

—Tout de suite ma reine.

Le pilote activa les moteurs, la vitesse du vaisseau augmentait rapidement. Une nouvelle fenêtre d'hyperespace s'ouvrit devant le vaisseau et celui-ci se précipita dedans. La seconde suivante, un tentacule géant sortit de la fenêtre, il tenait fermement le vaisseau Elfantoh.

—Vous avez vu ça ma reine ?

—Oui, qu'est-ce donc ?

—On dirait un poulpe ma reine ! lui répondit le pilote.

—J'ai bien vu, mais celui-ci a l'air étrangement grand non ?

—Je crois que l'on peut dire cela ma reine. Puis-je ordonner que l'on tire sur cette créature ?

—Vous attendiez quoi ? Que la structure ne tienne plus ?

Le vaisseau commença à tirer juste à l'instant où le tentacule qui le tenait se resserrait sur lui. Les boucliers n'étaient d'aucune utilité, ils ne semblaient même pas être en panne : ils étaient juste inefficaces sur la créature qui les traversais sans problème. Les rayons plasma touchèrent la créature, elle lâcha prise et disparut dans la fenêtre après avoir lâché un nuage d'une très étrange substance noire qui n'était visible que parce que la fenêtre dégageait une lumière bleu clair dans le vide.

*Dans le palais * Planète Oph'owr*

—Ainsi vous avez découvert tout ça juste sur des mesures satellitaires professeur ?
—Oui, cela m'a pris quelques années mais c'est exact.
—Félicitations ! Dommage qu'il n'existe aucune distinction pour les travaux scientifiques majeurs. Vous l'auriez à coup sûr mérité.
—Je vous remercie Maitre. Ravi de découvrir un esprit sensible à tant d'années de travail acharné.
—Bon allez les tourtereaux ! On se concentre. Comment on trouve la trace de la créature ? demandai-je.
—J'imagine qu'il faudrait recalibrer le satellite et tenter de scanner l'Univers. Mais cela va prendre la nuit de recalibrer le capteur. Indiqua le professeur.
—Dans ce cas, allons-y ! Calibrons ces capteurs et allons dormir, j'imagine que l'on peut toujours compter sur votre aide pour notre problème de corps non ? demandai-je.
—Oh ! Parbleu ! J'avais complètement oublié ce détail !
—Ce détail … non mais tu entends ça Yanh ?
—Oui j'entends bien …
Les miaulements ne furent compris par personne sauf Esdraël.

Le professeur se mit à chercher frénétiquement un objet. Il ouvrait tous les tiroirs disponibles, allumait des consoles un peu partout dans la pièce et finit par trouver ce qu'il voulait. Il pressa un bouton rouge de belle taille et une porte s'ouvrit. Il y avait encore un panneau indiquant « ne surtout pas utiliser avec un animal, nombreux incidents rapportés ».

—Je sais que ce n'est pas rassurant mais, ces incidents sont très vieux vous savez, expliqua le professeur Mhed.

—Je pense parler en notre nom à tous les deux en disant que nous ne voulons pas de détails. Répondis-je un peu inquiet.

Yanh acquiesça, nous avançâmes vers la porte, entrâmes et des picotements me parcoururent. D'un coup d'un seul je me trouvais de nouveau dans mon corps de chat. La situation était de nouveau à peu près normale. Le professeur me fixait comme pour vérifier que je n'allais pas me liquéfier sur place.

—Je suis soulagée !

—Maitre ! enfin je suis de retour dans mon corps ! sauta de joie le jeune Yanh.

—Oui allez bon, tu te calmes. Nous avons des problèmes, amène donc ce chat avec toi et allez dormir. Ya-t-il un endroit où nous pourrions passer la nuit professeur ? demanda le maitre.

—Hum. Très certainement, je vais vous faire accompagner.

Il appuya sur un bouton, rien ne se passa immédiatement mais quelques instants après le colonel arriva dans le laboratoire visiblement exaspéré par cet appel.

—Ramenez-les en prison colonel. Ils voulaient dormir.

—En prison ? hurla le maitre Blue qui semblait scandalisée.

—Oui. Le colonel va changer le mode des cellules. Mettez-les en mode chambre d'hôtel.
—Si j'en ai bonne envie ! grommela le colonel.

Vaisseau amiral de la flotte Elfante

Alors que le vaisseau progressait, un signal apparut sur les détecteurs : quelque chose approchait. L'équipage se tenait en alerte depuis le récent problème qui les avait poussés à quitter l'hyperespace. Le détecteur produisait une série de petits « bip ».
—Qu'y a-t-il cette fois ? s'exaspéra la reine en réponse au détecteur.
—C'est un signal d'alerte. Une chose énorme s'approche, la calma le pilote.
—Enorme comment ?
—Au moins aussi grosse que le monstre de tout à l'heure. Je crains d'ailleurs que ce ne soit encore lui.
—Que nous veut-il ? Qu'est-ce donc ? demanda la reine.
—Je ne sais pas, il n'y a qu'un seul précédent et il n'est pas clair, ironisa le pilote.
—Ah bon ? Quel précédent ?
—Nous.

Un silence pesant s'installa. Les membres d'équipage avaient bien compris, le pilote venait d'être irrespectueux avec la reine Ivoriaah. Il allait le regretter. La reine fusillait désormais le pilote du regard. Elle leva sa main droite et deux gardes apparurent.

—Pouvez-vous enfermer cet individu ? Mettez-le dans la cellule la plus sûre du vaisseau, qu'il ne s'échappe pas. Nous le laisserons sur un monde désertique quand nous en croiserons un, ordonna la reine.

—Non ma reine pitié ! supplia le pilote. Je suis désolé.

—Allez venez avec nous, demanda un des gardes en le saisissant.

Le pilote fut ainsi enfermé dans une cellule encore en essai : un prototype de cellule dimensionnelle. Le pilote était désormais dans un univers de poche.

—Avons-nous un autre pilote messieurs ?

—Oui ma reine, j'ai déjà piloté à la spatio-école, acquiesça un des gardes en levant la main.

—Parfait ! Prenez les commandes dans ce cas, vous êtes mon nouveau pilote.

A peine le nouveau pilote avait-il pris les commande qu'une secousse survint. Cette fois elle ne fut pas anodine, une conduite de carburant se rompit sur le pont. Des techniciens se ruèrent pour la colmater, mais à peine l'eurent-ils touchée qu'une seconde secousse vint les arrêter et stopper les moteurs.

—Ma reine, je crois que nous avons un énorme problème.

—Cessez donc de répéter cela, vous les pilotes êtes décidément incapables de trouver des solutions ?

—J'en ai une ma reine, j'ai déjà envoyé un message de détresse.
—Rien de plus immédiat ? de plus efficace ? grommela-t-elle.
—Les moteurs sont hors service, les boucliers vont nous lâcher et la coque externe est abîmée, inventoria-t-il.
—C'est donc mauvais ?
—Très.

Un nouveau choc survint, il déchira la coque en deux, et le vide s'empara bientôt de tous les membres d'équipages et de la reine. Le détecteur émettait un « bip » encore plus fréquent qu'auparavant : quelque chose approchait. La chose ingéra les débris, et repartit dans la direction opposée comme si le petit déjeuner n'avait pas suffi à la rassasier. Il ne restait que quelques débris flottant seuls dans le vide spatial.

*Laboratoire du professeur Mhed * Planète Oph'owr*

Le professeur était déjà au travail quand nous arrivâmes. La nuit avait été reposante, le maitre observa une photo sur le mur, une photo qu'elle n'avait pas remarquée la veille. Elle était légendée : « *Lombricorne des plaines – Lumbricornis parasitoïdes* ». le maitre resta figée à observer cette créature et à se demander quel être aurait pu avoir l'idée de concevoir telle créature. Le lombricorne ressemblait en tout point à un simple ver de terre, à la seule nuance qu'il faisait plusieurs mètres de longs, possédait une terrible mâchoire dentée et une corne digne des plus belles licornes.

——Vous avez vraiment cette espèce sur votre monde ? demanda le maitre avec intérêt.

—Oui ! Fascinante créature, elle se reproduit en piquant les autres espèces avec sa corne pour y introduire des œufs qui vont parasiter la victime et la digérer lentement. Il est impossible à l'heure actuelle de se débarrasser d'un tel parasite, il se lie immédiatement au système nerveux de l'hôte.

—Je vois, une belle saloperie si je puis me permettre le mot.

—En effet, j'ai été imaginatif en créant cette chose, mentionnai-je fièrement tout haut.

Un des ordinateurs émit une sonnerie, venant ainsi couper mes divagations. Nul ne releva ce que je venais de dire, probablement était-ce mieux pour moi. Seul Yanh me fixait suite à cette

révélation. Le professeur Mhed s'approcha du moniteur holographique et lut à haute voix.
—Sommes en grand danger, assistance demandée, sommes attaqués dans l'hyperespace… le message s'arrête là.
—Professeur, de qui vient ce message ? l'interrogea le maitre en s'approchant également du moniteur.
—Je ne sais pas, on dirait un congénère de la prisonnière qui s'est évadée…
—Il faut absolument aller voir ça ! supplia le maitre.
—Je ne sais pas trop, emprunter un vaisseau à la garde requiert de bonnes raisons.

Le professeur connecta le satellite et fit quelques relevés. Les résultats ne tardèrent pas, le signal avait été mis tout près de la planète et il ne faudrait que quelques heures pour atteindre sa source. Il soupirait et d'un coup poussa un cri de victoire.
—Je l'ai trouvé !
—Qui ça ? La créature ? demanda le maitre.
—Oui ! Il était à la source du signal de détresse. Il faut donc bien aller là-bas. Je me charge de nous dégoter un vaisseau.

Chapitre IV

*Salle du trône * Planète Oph'owr*

Le roi avait accepté la requête du professeur Mhed, la salle du trône était désormais transformée en salle de réunion rassemblant le professeur, le roi, le colonel Delapynsse, Blue, Yanh et moi. Nous étions tous assis autour de la table, sauf moi : j'étais le seul assis sur la table. Mon divin postérieur félin reposait sur cette table recouverte d'or. Un détail attira mon regard, des arbustes sur les bords de la salle : des Orbitiniers… Je n'y croyais pas, je les fixais intensément avec un ardent désir de me jeter dessus.

—Grand roi Gry'Had ! Nous vous remercions pour cette audience exceptionnelle.

—Quand votre plus grand savant vient vers vous avec ce type de requête vous devez prendre au moins la peine de l'écouter parler. Répondit le roi sur un ton monotone.

—Puis-je me permettre de suggérer un début rapide pour ne pas perdre de temps mon roi ? intervint le colonel Delapynsse.

—Bien entendu colonel !

Le professeur avait répondu sèchement, il côtoyait ce colonel depuis déjà plusieurs années et il savait à quel point il pouvait être agaçant quand il était pressé. Je contemplais ces deux êtres, l'un semblait brillant mais frêle, l'autre était clairement un imbécile mais avait un physique autrement plus imposant que le professeur. Regarder des tensions apparaître entre deux individus était pour moi la source d'un immense plaisir. Je me délectais de cette tension tout en gardant à l'œil les Orbitiniers. J'irais dès que possible les amputer de leurs si délicates fèves.

—Qu'avez-vous à nous dire Archie ? Demanda le colonel passablement ennuyé.

L'idée d'être enfermé dans une salle de réunion pendant plus de deux minutes ennuyait fortement le colonel, c'était un Langoustien de terrain pas un intellectuel caché derrière des bureaux à regarder des conférences toute la journée. Il préférait l'action. Le colonel tournait de temps en temps ses petits yeux dans ma direction, il devait avoir vu que je reluquais les Orbitiniers. J'espérai sincèrement qu'il ne devienne pas un obstacle, j'aurai été tellement ravi de l'envoyer mourir dans le vide spatial.

—J'ai grâce à un message de détresse, localisé la créature dénommée Hab' Zazzel.

—C'est intéressant, avez-vous une idée de ce que l'on doit faire alors ? demanda le colonel intéressé par l'idée d'aller détruire une entité ennemie.

—Je pense qu'il faut aller l'observer, l'étudier et en tirer des conclusions avant d'envisager un affrontement. Conseilla le professeur.

—Qu'en dites-vous colonel ? l'interrogea le roi

—J'en dit mon roi, que l'on doit traquer et détruire cette créature immédiatement, tant qu'elle est loin de nous.

—Nous ne pouvons pas faire cela colonel ! lui hurla le professeur.

—Et pourquoi donc ? C'est pourtant très simple, il suffit d'un bond hyperspatial et d'un tir de rayons et nous parlerons de cette créature comme des Avezéens … Une histoire ancienne, ennuyeuse mais ancienne.

—Votre arrogance me débecte colonel, du bout de vos micro-pinces vous ne devriez pas vous sentir si puissant. Lui asséna le professeur.

Le débat devenait houleux, ce n'en était en fait que plus amusant. J'avais créé le monde dans le but de me divertir en observant des conflits entre individus et civilisations. Cela avait bien marché pendant un temps, puis l'intellect des êtres c'était développé spontanément... Quelle déception, et puis un beau jour, en plusieurs endroits de l'Univers, des êtres plus stupides étaient réapparus ! Les disputes, les conflits, les guerres planétaires et intergalactiques... Tout cela avait recommencé de plus belle. Quelle grande joie pour moi. Et puis là j'avais devant les yeux en cet instant, un être exceptionnellement faible d'esprit. C'était un régal, moindre que l'Orbitine c'est certain, mais un régal quand même.

—Et vous, vos diplômes ne vous donnent aucun droit de décision sur nos actions militaires en lien avec la sécurité du royaume. Lui renvoya le colonel irrité.

—Cessez vos gamineries, si vous ne vous mettez pas d'accord je vais demander à Chy'thyne de vous calmer tous les deux. Lança le roi.

Je ne connaissais pas le dénommé Chy'thyne mais eux semblaient le connaître, le

conflit cessa immédiatement et la discussion put reprendre.
—Est-il possible majesté, que l'on mêle en partie les deux solutions proposées ? proposa le maitre qui ouvrit ainsi la bouche pour la première fois de la réunion.
—Ces paroles sages me proviennent de quelqu'un qu'il ne m'est pas donné de connaître, à qui ais-je fait l'honneur de me rencontrer ?
—Je suis le maitre Blue, dirigeante du Monastère de Lanh-Yakéa. Lui répondit-elle sur un ton fier.
—Ce n'est pas la peine d'importuner le roi avec ces informations futiles ! l'interrompit le colonel.

Encore un conflit, décidément les réunions sur ce monde étaient passionnantes, elles m'auraient presque fait oublier les splendides orbitiniers. Je tentais de me déplacer lentement, mais Yanh me saisit et m'immobilisa quand il comprit. Il me fit signe de ne pas bouger et il me tenait fermement.
—Cessons ce stérile débat, vous partez ensemble et vous amenez le colonel. Ordonna le roi.
—Mon roi, ceci est un plan idéal. Pourrions-nous avoir un croiseur pour appliquer ce plan ? demanda le professeur.
—Bien sûr professeur. Colonel ! Vous les accompagnez, assurez-vous que la chose ne constitue pas une menace pour le royaume et détruisez là au besoin.

Les visages du maitre et d'Archie se fermèrent à l'écoute de l'ordre du roi Gry'Had. Il avait clairement ordonné de s'attaquer à la créature, la science était sacrifiée sur l'autel de la sécurité. Ils n'allaient pas avoir l'occasion d'étudier en profondeur la créature et de la comprendre. La réunion fut interrompue quand des tremblements de terre commencèrent. L'alarme du palais se déclencha.

—Que se passe-t-il ? demanda le roi paniqué.

La réponse vint d'elle-même quand un message vocal fut lancé dans tous les haut-parleurs du palais « Le palais est sous attaque, ce n'est pas un exercice, veuillez-vous rendre à vos postes de combat ». Le roi pressa un bouton sur son bracelet d'or, un faisceau de téléportation le fit instantanément disparaître. L'amiral Péréion entra dans la pièce.

—Colonel ! Prenez le croiseur matricule 3141596 et arrêtez cette attaque, je conduis le roi à la base arrière. Il y sera en sécurité avec les Homarsiens.

—A vos ordres ! amiral, que fais-je de ces étrangers ?

—Amenez-les avec vous, ils ne vont quand même pas rester oisifs !

Le colonel Delapynsse donna à chacun d'entre nous un petit disque doré. Il appuya à son tour sur un appareil autour de son cou et nous fûmes tous instantanément téléportés sur le pont d'un vaisseau spatial Langoustien. J'étais assez ébloui de voir que les Langoustiens et les Homarsiens avaient poussé le biomimétisme à son paroxysme. Leurs vaisseaux étaient de grands crustacés blindés et le pont était décomposé en deux parties identiques cachées dans les « yeux » du vaisseau. Si on avait comparé un Homarsien et le vaisseau on aurait seulement la taille pour aider à les distinguer.

*Dans le croiseur interstellaire du colonel Delapynsse * espace intersidéral*

—Cette technologie de téléportation est admirable ! fit remarquer Blue.
—En effet, mais cessez d'admirer et agissez, prenez ce poste-là, et vous celui-ci !

Le colonel repartit des postes aux différentes personnes présentes, il n'en attribua en revanche aucun à ma divine personne. J'étais trop précieux à leurs yeux pour risquer ma vie au combat. Je clignai les yeux et me concentrais pour écouter ce qui se passait. A l'extérieur, une sorte de poulpe géant noyait le royaume sous un flot de matière sombre. Le colonel regardait ses écrans, et lança un ordre au professeur.
—Allumez-moi cette chose professeur !
—Avec plaisir colonel ! répondit le professeur en enclenchant les armes à rayons.

Une salve de rayons partit en direction du monstre, celui-ci ne se tourna même pas une seconde et termina de dévorer la planète. Il n'en resta bientôt que des débris. Le professeur était fasciné et avait laissé le vaisseau viser lui-même. Nous pouvions tous voir le vaisseau amiral s'échapper, il ouvrit une fenêtre hyperspatiale et s'y engouffra. Je me demandais pourquoi nous ne faisions pas la même chose, quand soudain la créature bondit dans l'hyperespace et ramena le vaisseau du roi à sa position initiale. Le vaisseau amiral était désormais retenu par un tentacule monstrueux. Je songeai à nous échapper et à sacrifier cet ahuri de colonel pour notre survie à tous.

—Il faut intervenir colonel ! hurla le professeur.

—Laissez-moi faire professeur, amenez ce vaisseau en sécurité, je vais voler la bombàô.

—Quoi ? vous ne pouvez pas ... Nous avons interdit son utilisation ! protesta le professeur.

—Eh bien nous sommes ici en présence d'un cas extrême. Devenez l'ambassadeur de notre humble civilisation, faites persister notre mémoire !

Ces paroles avaient une résonnance trop sage pour sortir du colonel, personne ne sembla remarquer mais moi j'avais compris. Mon idée fut confirmée par l'action du colonel, il installa la fameuse bombàô sur un chasseur et fonça en direction du monstre. Nous ne restâmes pas assez longtemps pour voir la suite mais les scanners révélèrent l'instant de l'explosion.

—Géronimo ! hurla le professeur.

—Que vous arrive-t-il professeur ? demanda Yanh

—Un vieil ami disait cela avant chaque grande victoire, je songeai à lui.

—Ah d'accord. Qu'est-il devenu aujourd'hui ? insista Yanh.

—J'aimerai bien le savoir. murmura le professeur.

Tandis que le professeur entrait les coordonnées d'origine du message de détresse, il lança un scan du vaisseau : aucun signe de vie en dehors du pont de commandement. Nous étions seuls sur ce vaisseau. Alors d'accord ma présence divine relevait le niveau mais quand même... Je songeai à ce qui s'était passé. Yanh me fixait, il avait remarqué que j'étais pensif. Il ne me dit rien mais je sus qu'il n'en pensait pas moins. Le vaisseau ne tarda pas à sortir de l'hyperespace dans un champ de débris spatiaux.

—Déjà arrivés ? demanda Blue.

—Oui, apparemment. C'est très inhabituel, nous ne devrions pas aller aussi vite. Répondit le professeur.

—Allons-nous réellement si vite que ça professeur ? demanda innocemment Yanh.

—Oui, nous aurions dû mettre deux fois plus de temps à arriver.

Je songeai alors à un détail, quand j'avais souhaité m'en aller j'avais été téléporté, quand j'avais souhaité nous sauver et sacrifier le colonel, celui-ci s'était vu pousser des ailes et avait sauté pour se sacrifier. Si tout ceci était vrai, il est très probable que j'aie en réalité un dernier pouvoir divin en moi. Il fallait en tirer bénéfice le plus possible sans attirer l'attention, la convoitise de ces êtres serait un frein à mon retour dans mon état originel.

—C'est d'ici que vient le message de détresse ? demanda Blue

—En effet, je scrute les environs avec les détecteurs pour trouver l'origine exacte, cela va prendre un peu de temps.

A peine eut-il terminé sa phrase que l'ordinateur de bord indiqua « Balise de détresse

détectée ». Le professeur resta sans voix et observa le résultat : la balise n'était pas ici.
—Alors ? Où est-elle professeur ? L'interrogea Yanh.
—Elle n'est pas ici. Elle ne semble être nulle part, son signal est comme atténué par un problème dimensionnel local. C'est très étrange, je n'ai vu ça qu'une fois dans ma longue expérience …
—Ah bon ? s'étonna Blue. Vous avez déjà vu ce genre de choses ?
—Oui, une bonne amie Faar'Aday travaillais sur les univers de poche et les champs de forces, elle avait étudié les univers de poches et leur impact sur divers signaux informationnels. Il avait montré que l'émission d'un tel signal dans un tel univers pourrait atteindre le notre mais serait altéré. C'est exactement ce que je trouve ici comme altération.
—Vous pensez qu'il y a quelqu'un ici qui serait coincé dans un univers de poche et requiert notre aide ?

La question posée par Yanh fit sens immédiatement, si quelqu'un d'intelligent avait repéré un danger il aurait pu s'isoler dans un tel univers pour rester à l'abri. Mais il aurait aussi bien pu s'y trouver coincé. Il fallait intervenir si cet individu est coincé ici. Je m'agitais un peu, et commençais à parler.
—Ne devrions-nous pas sauver cet abruti enfermé dans une bulle immédiatement ? Non parce qu'on n'a pas que ça à faire que de discuter des heures durant !
—Il se calme ce chat ? demanda le professeur.

—Nous devrions peut-être nous assurer qu'il ne l'ouvre plus. Ce n'est bien entendu qu'une suggestion.

Entendre Yanh prononcer ces mots me fit mal au cœur, mon petit cœur de chat était blessé. Je me vengerai, mais pas maintenant, je n'avais pas tous mes pouvoirs et puis il m'a quand même un peu aidé donc je me devais de lui laisser une chance de souffrir le martyre avant de mourir de ma patte vengeresse. Me voila qui recommençais à parler de mon corps de chat ... Il fallait que cette transformation se termine rapidement, je n'en pouvais plus du tout.
—Vous pourriez peut-être m'aider à retrouver ma forme d'origine non ? Je pourrais ainsi annihiler moi-même cette créature.
—Je doute que cela soit possible. Il nous faudrait des ressources énergétiques bien supérieures à celles de ce vaisseau.

*A l'aube des temps * Centre de la création*

J'avais achevé la création de l'espace-temps, il fallait maintenant créer une force pour imposer des contraintes aux êtres que j'allais installer dedans. Leur imposer le regroupement, et le rendre de plus en plus puissant au fur et à mesure qu'ils impliqueraient plus de matière. Ainsi émergea de ma volonté la force connue sous le nom de gravitation. Je me sentais fier, les créatures qui peupleraient prochainement mon univers seraient ainsi liées par cette force universelle. J'émit un soupir, il fallait que j'avance plus vite, imaginer n'était pas suffisant.

Les moments qui suivirent furent consacrés à la structuration de mon univers, il faudrait des briques élémentaires, pourquoi pas des cubes ? Non plutôt des structures plus complexes : que jamais ils ne comprennent leur fonctionnement. Ce serait tellement agréable de les voir se tordre les méninges à tenter de percer mes impénétrables voies. Il faudrait que j'imprime cette idée de voies impénétrables dans leurs esprits ! ça pourrait être très drôle. Les premières créations suivirent : d'abord les étoiles, de grandes boules de fusion d'hydrogène ! l'ultime jouissance serait de voir des êtres s'y jeter pour y mourir. La gravitation plaça les étoiles, et de nouvelles sphères solides autour de chacune d'entre elles : les planètes furent ainsi mises en place grâce à ma gravité.

Je pouvais tout voir, instantanément en tout point de l'Univers tout était visible. Il fallait que je trouve un mécanisme pour limiter cette vision pour les êtres que j'y installerai : Eureka ! limiter la vitesse de la lumière serait un petit jeu ! il leur faudrait de grands esprits pour comprendre cette limite. Les regarder nager dans l'incompréhension la plus totale serait très drôle ! J'installais alors un temple, une sphère d'énergie pure. J'y soufflais pour lui conférer une énergie proche de l'infini. La boule se mit en rotation. Elle déformait désormais l'espace-temps et désormais, la lumière allait au maximum à une vitesse de 299 792 km/s. Parce qu'une valeur ronde c'est pas drôle. L'Univers deviendrait ainsi impénétrable. Je fixais ainsi l'inhibiteur de lumière : il tournait paisiblement et dans un mouvement perpétuel. Je devais le cacher. Si les créatures le trouvaient alors ils l'exploiteraient et pourraient m'atteindre. Je plaçais un voile devant et il disparut.

*Vaisseau du colonel Delapynsse * espace interstellaire*

L'équipage réduit était en pleine contemplation, bien que tout fut dévasté il y avait une certaine beauté de l'image. La zone restait splendide, on pouvait apercevoir la nébuleuse de la chaussette. Elle ne se situait qu'à un bond de la position du vaisseau. Aucun vaisseau à l'horizon, aucune trace de la créature : tout allait pour le mieux.
—Professeur ? Pouvons-nous faire quelque chose pour le malheureux coincé dans un univers de poche ? demanda le maitre.
—Non nous ne pouvons pas, il faut que l'on aille à la rencontre de ma confrère et amie Faar'Aday, elle seule pourra nous aider.
—Et si pour une fois on m'écoutait ? J'estime qu'après vous avoir créé j'ai bien le droit d'imposer un peu ma volonté. Quitte à utiliser la force ! criais-je

Mes pensées étaient parties, dans mon esprit il n'y avait plus qu'une boule d'énergie pure qui attendait patiemment d'exploser sur eux. Mes yeux rayonnèrent une lumière bleue terrifiante. Quand leurs regards devinrent les mêmes que ceux d'un lapin qui va être dévoré je me retournais pour la voir : elle se tenait là derrière moi : une boule d'énergie pure. Je le su instinctivement, elle faisait la taille d'un de leur ballon. J'eut juste le temps de réagir et d'évacuer cette pensée avant que la sphère apparue si vite n'explose.

—Esdraël ? Tu n'aurais pas quelque chose à nous dire ? m'interrogea Yanh.

—Non, je ne vois pas de quoi tu parles.

—Oh mais … nous ne voyons plus non plus ! mais cette boule n'est pas apparue de nulle part si ?

—Si justement ! et puis laissez-moi tranquille. Je réfléchis à la meilleure façon de retrouver mon essence divine.

—Quelque chose me dit que tu ne l'as pas totalement perdue. Me rassura le professeur.

—Comment ? que dites-vous ?

—Eh bien, viens avec moi au laboratoire. Nous allons vérifier mon hypothèse.

Je ne pris même pas la peine de lui répondre, je lui emboitais le pas de mes petites pattes. Je le suivais comme son ombre jusqu'à un laboratoire présente au niveau inférieur du vaisseau. Je fixais le professeur Mhed d'un regard de feu, il ne tarda pas à me demander ce qu'il y avait.

—Qu'y a-t-il ?

—Tu me fixe, c'est gênant.

—Il va falloir que tu t'y habitues au moins jusqu'à ce que mon essence divine ne soit revenue.

—Ça tombe bien, je vais me charger personnellement de te la rendre, en revanche j'aimerai une petite contrepartie.
—Un échange de bon procédé ? demandai-je.
—En effet grand Esdraël. Un simple échange, je vous rends votre essence et vous… commença-t-il.

Une explosion nous secoua. Quelque chose se passait, bientôt la voix de Blue résonna dans l'interphone du vaisseau.
—Revenez sur le pont immédiatement ! nous sommes attaqués par des pirates de l'espace !

Le professeur me fixait, il me tendit la pince puis rouvrit la bouche sans tenir le moindre compte de l'explosion et des propos du maitre.
—Alors ? marché conclu ?
—Oui. Très bien. Vous aurez droit à un souhait une fois que je serai redevenu le dieu que j'étais. Lui confirmais-je.
—Parfait ! allons sur le pont désormais, réglons cette histoire de pirates.

Maitre Blue et Yanh étaient désemparés, les boucliers du vaisseau tenaient bon mais des salves fréquentes nous secouaient malgré tout. Les réserves énergétiques du vaisseau, bien que conséquentes, ne permettraient pas de tenir bien longtemps sous un feu aussi soutenu.
—Que fait-on professeur ? demanda le maitre
—J'aurai aimé le savoir, le colonel possédait un code de sécurité pour l'activation des armes. Nous ne pouvons rien faire.
—Vraiment rien ? demanda Yanh

—Eh bien, le niveau d'énergie du vaisseau diminue fortement, nous ne pourrions pas tirer même si nous avions les codes.

Une transmission arriva, un message écrit en provenance du vaisseau des pirates de l'espace.
—Levez votre bouclier énergétique et déverrouillez vos hangars pour permettre l'entrée de nos troupes. Préparez-vous à l'abordage.

Personne ne répondit, le professeur et le maitre Blue échangèrent un regard inquiet.
—Vous comptez rester là ? demandai-je.
—Tu as une meilleure idée peut-être ? demanda le professeur.
—Eh bien, on pourrait peut-être s'équiper d'armes de poing et se défendre non ? Enfin, par on j'entends plutôt vous !
—Et pourquoi donc s'il te plait ? grogna le professeur.
—Regardez donc par vous-même sale Ecrevicien …

C'était la remarque de trop, le professeur s'avança vers moi et me fusilla du regard !
—Je suis un noble Langoustien ! pas un de ces minables Ecreviciens !
—Bon … admettons ! avez-vous au moins compris pourquoi je vous propose de prendre des armes et pourquoi je n'en prends pas simplement une ?
—Taisez-vous !

Visiblement le professeur n'avait pas compris, en revanche le sourire du maitre Blue me fit comprendre qu'elle savait de quoi je parlais. Ainsi donc les humains étaient plus intelligents que les

Langoustiens, à moins que je ne me sois trouvé en face de deux spécimens très particuliers... L'un particulièrement stupide, l'autre plutôt intelligent. Cette énigme méritera mon attention plus tard. J'allais lancer une autre phrase cinglante comme j'en ai le secret quand une autre transmission apparut sur les moniteurs.
—Maitre Blue, ouvrez-moi la soute et je vous sors de là.

Il y avait une signature : un grand « N ». Les visages du maitre et de Yanh s'éclairèrent d'un seul coup. Je ne compris pas tout de suite. Le professeur, comme moi, resta de marbre.
—Merci mon dieu ! s'écria Blue
—Mais ... je n'ai rien fait. Lui répondis-je
—Pas toi ... Soupira t-elle.
—Qu'y a-t-il maitre ? demanda le professeur.
—Je le croyais mort ! ouvrez la soute s'il vous plait ! les renforts viennent d'arriver !

Chapitre V
Dans le vaisseau du colonel Delapynsse * espace interstellaire

La soute ouverte, un petit vaisseau s'y matérialisa. Le maitre et Yanh activèrent un téléporteur et se rendirent dans la soute de nouveau fermée. Ils se précipitèrent vers le vaisseau cargo nouvellement apparu.

—Eh bien Nikola ! vous en avez mis du temps !

—En effet maitre Blue, mais vous savez, vous ne m'avez pas tellement aidé !

—J'admets que vous laisser seul au monastère n'était pas une brillante idée. Mais bon, trois jours c'est finalement très honorable comme temps.

— Maitre ? vous perdez la tête ? demanda Nikola inquiet

—Non pourquoi cette question ?

—Cela fait désormais deux semaines entières que je vous cherche, si ce brave individu n'avait pas daigné m'aider je ne vous aurais pas encore retrouvé. Dit Nikola en désignant un drôle d'individu qui sorti du cargo.

—Enchanté ! qui êtes-vous ? demanda le maitre.

—Je suis le capitaine Astakoï. Soldat de la grande armée Ecrevicienne.

—Oh ben … Vous feriez bien de ne pas le dire trop fort, il y a un Langoustien à peine raciste à bord … annonça le maitre.

—Quoi ? un Langoustien à bord ? Traitres ! où est-il ? demanda l'énergumène tout d'un coup agité.

Le capitaine détacha sa fourche thermique de son dos. Il la pointa vers Yanh et le poussa vers la cloison de la soute. Alors que la fourche commençait à rougir de chaleur, le professeur et moi entrâmes à ce moment précis. Le capitaine Astakoï tourna d'un coup sa fourche désormais rougeoyante vers le professeur.
—Traitre à l'ordre des Krustassés ! Hurla le capitaine.
—Abomination abyssale ! Retournez sur Téthysia immédiatement avant que je ne vous jette dans le vide ! hurla à son tour le professeur.

*Abords du monastère de Lanh-Yakéa * planète Lanh-Yakéa*

Deux silhouettes avançaient lentement vers l'entrée du monastère.
—Tu es sûr que c'est ici ?
—Absolument sûr, les relevés sont fiables à presque cent pourcents.
—Dans ce cas il va falloir fouiller cet endroit de fond en comble. J'espère que tu ne te trompe pas, sinon la montre sera à nouveau perdue.
—Allez, cessons de bavarder inutilement, trouvons cette montre et sortons de là.

Les deux entrèrent dans le monastère, ils passèrent devant un miroir. Ils s'arrêtèrent une seconde et observèrent leur reflet.
—Nous sommes vraiment ces choses ?
—Apparemment, c'est ce que les êtres de ce monde appellent un miroir, il reflète ce que nous sommes.
—Ah oui ? D'où tiens-tu cette information ?
—Du manuel d'urgence.
—Le manuel traite de ces appareils ?
—Ce ne sont pas des appareils, ce sont des objets tout simple. Ils sont juste utilisables avec l'interface.
—Ah ! Je me disais aussi, je pensais bien qu'on était les seuls à avoir cette technologie.
—Nous sommes les seuls, mais il faut quand même faire attention.
—Attention à quoi ?
—A ça !

A peine avait-il fini de parler que l'alarme du monastère retentit. Les deux individus se regardèrent, appuyèrent sur un bouton à leur ceinture et disparurent dans un flash de lumière.

Soute du Vaisseau du colonel Delapynsse * espace interstellaire

Les deux crustacés se fixaient droit dans les yeux, le maitre et Yanh les regardaient médusés par tant de violence gratuite. Je les fixais tous, et c'était superbe ! j'étais enfin bien placé pour voir ce combat que j'avais insidieusement programmé lors de la création de ces espèces.
—Quel est votre nom traitre ? demanda le capitaine Astakoï
—Je suis le professeur Mhed, et vous parasite ?
—Moi je suis le grand capitaine Astakoï de l'armée Ecrevicienne.

L'information retourna le professeur, il fixa le capitaine et ouvrit de nouveau la bouche.
—Oh ! c'est donc vous ! je n'en reviens pas ! je n'aurais même pas besoin de vous tuer, votre tribunal s'en chargera ! ahah ! ricanait le professeur.
—Je ne suis pas coupable. Déclara Astakoï.
—C'est facile à dire cher prisonnier.

Le professeur, visiblement calmé, rangea son arme à la ceinture qu'il avait récupérée à l'armurerie avant de venir à la soute. J'avais bien tenté d'en avoir une mais nous avions convenu qu'avec mes pattes ce ne serait pas très ergonomique. J'avais acquiescé en me disant qu'après tout, je pouvais faire autrement. J'avais toujours de splendides griffes.

—S'il vous plait ... ne me livrez pas ...
—Pourquoi devrions-nous vous livrer ? l'interrogea le maitre.

Avant que le capitaine Astakoï n'ouvre la bouche, le professeur intervint pour répondre à la question du maitre.

—Il a tué son roi, le vile Lang'Houst.
—C'est faux ! hurla Astakoï.
—C'est pourtant ce que disent nos services de renseignements infiltrés sur Téthysia. Les informa le professeur.
—Et vous aimiez le roi Lang'Houst professeur ? demanda Yanh
—Non, ce serait plutôt une joie pour moi qu'il soit mort. Répondit le professeur.
—Alors laissez-le ! il a fait ce que vous vouliez faire ! cria Yanh
—Mais puisque je n'ai rien fait je vous dis ! c'est lui qui a fait ça. Hurla le capitaine en déplaçant son doigt dans ma direction.

Tous les regards se tournèrent vers moi, je me sentais enfin observé comme je le méritais. Puis je compris, ils ne me regardaient pas, ils regardaient quelque chose derrière moi. Quelque chose dont le souffle chaud touchait mon soyeux pelage. Je me retournais, et la peur me saisit à nouveau.

—Courrez ! hurla le capitaine Astakoï. C'est un Kir'pikoo !

—Un quoi ? demanda Blue.

Personne ne crut bon de répondre, tous courraient me laissant seul face à la créature. J'avais peur, mais en même temps j'étais désormais aux premières loges pour observer une de mes créatures les plus violentes. Le Kir'pikoo était un de mes chefs-d'œuvre les plus réussis. Des dents de plusieurs centimètres, des griffes acérées rétractables placées sur des mains musclées et une queue puissante. Le tout placé sur un être bipède avec une tête aux grands yeux noirs. Je songeai une seconde à redevenir un spectateur, puis à voir si je pouvais l'intimider. Une lueur bleue sortit de mes yeux et le Kir'pikoo se figea. Il m'observa et recula d'un pas, puis de deux.

—Bonjour brave bête. Dis-je.

Je n'obtins aucune vraie réponse. Bien que les Kir'pikoo puissent parler, ils n'en avaient pas l'intelligence. Je songeai alors à autre chose : et si je prenais le contrôle de son corps ? Après tout, quoi de mieux que le corps d'un super prédateur pour se déplacer jusqu'à retrouver mon essence divine.

—Excuse-moi brave bête … lui chuchotais-je en avançant vers lui.

Elle ne répondit pas verbalement, mais la créature reculait plus vite, je bondis sur elle et me concentrais, bientôt je sentis mon corps devenir liquide et pénétrer dans le corps du Kir'pikoo. La seconde qui suivit j'étais au contrôle. Ça faisait du bien de ne plus avoir de coussinets. C'était agréable de sentir une telle force en moi. Je sentais le cœur du Kir'pikoo battre fortement dans ma poitrine, c'était autre chose que le cœur du chat que j'occupais quelques instants auparavant. Je sentais quelque chose changer. Quelque chose de bizarre se produisait, j'avais mal. Mon crâne me faisait mal, le Kir'pikoo ne tenait pas bien le choc. La minute qui suivit fut longue, je perdais peu à peu le fil de mes pensées. Il me fallut quelques minutes pour comprendre. Le Kir'pikoo avait prit le contrôle. Je n'étais plus qu'un spectateur.

*Pont du vaisseau du colonel Delapynsse * espace interstellaire*

Le maitre Blue, Nikola et le reste de la petite troupe étaient désormais sur le pont, ils avaient pris soin de verrouiller toutes les portes possibles. La créature était dans la soute, immobilisée. Ils ne voyaient plus qu'elle dans la soute : le chat avait disparu.

—Maitre, pensez-vous qu'il ait pu manger Esdraël ?

—Je ne sais pas, et vous capitaine ? vous avez une idée ?

—Oui. Il a dû manger votre chat ! mais ce n'est qu'un chat alors tant pis pour lui. Répondit le capitaine.

—Vous voyez ? C'est pour ça que nous nous haïssons ! intervint le professeur.

—Cessez un peu vos bavardages inutiles et regardez plutôt cela …

Le capitaine désignait un des écrans où, quelques secondes avant, se trouvait le Kir'pikoo. Il avait en effet disparu de la soute, la porte avait été arrachée. Le Kir'pikoo s'était échappé.
—Comment avez-vous pu voyager avec cette chose Nikola ? Et sans vous en rendre compte … questionna Blue.
—Je … je l'ignore. Mais après tout … ce n'est pas si grave ! il suffit de … commença Nikola.

Le téléporteur s'était activé, le Kir'pikoo venait de s'en servir. Il était désormais de retour face à eux. Leur regard me permettait de juger que je les terrorisais. Je ne pouvais strictement rien faire. Je tentais bien de reprendre la main mais ça ne fonctionnait pas. Le Kir'pikoo regardait les membres du groupe sans bouger.

*Monastère de Lanh-Yakéa * planète Lanh-Yakéa*

Le miroir se brisa, les deux silhouettes sortirent de l'encadrement. Puis l'un d'eux commença à parler à l'autre d'une voix calme et basse.

—C'est bon, je pense que l'alarme ne va pas attirer qui que ce soit.

—Tu es sûr de ça Riz'Ollè ?

—Bien sûr Riz'Otthon.

—Bon dans ce cas, allons-y, elle ne doit pas être loin. Le divinimetre indique un taux largement supérieur à la valeur de cette planète.

—Séparons-nous, nous couvrirons plus de terrain ainsi. Proposa Riz'Otthon.

—Je vais me répéter mais … es-tu sûr ? l'interrogea Riz'Ollè

—Oui. Allez tais-toi un peu et cherche plutôt cette montre.

—Entendu ! c'est bon pas besoin d'être aussi désagréable. Grommela Riz'Ollè en s'éloignant d'un pas lourd.

—Non mais ce n'est pas ça … ne le prends pas comme ça… Garde ton communicateur allumé !

Les deux se séparèrent, Riz'Ollè arriva dans une pièce qui ressemblait à un bureau. Il balaya la pièce du regard tandis que son camarade Riz'Otthon ouvrait la porte au fond du couloir et arrivait dans une pièce plus grande. Le communicateur de Riz'Ollè émit un bip, Riz'Otthon tentait de le contacter.

—Tu as trouvé quelque chose ?

—Non ! mais je ne suis dans cette pièce que depuis quelques secondes tu pourrais quand même me laisser tranquille…
—Tu rigoles ou quoi ? ça fait une dizaine de minutes que tu es dans ce bureau ! cria Riz'Otthon.
—Tu es … commença Riz'Ollè.
—Non ! tu ne me reposes pas cette question ou je te jure que je vais rentrer seul sur Kass'Rol'dô !
—Ah non ! c'est interdit ! tu ne peux pas m'abandonner ici. Les humains me découperont en tranches et me mangeront en snack. J'ai entendu qu'ils fabriquaient quelque chose du nom de paté en croûte ! tu te rends compte ? Ils font du pâté avec des croûtes de leurs vieux…
—Tu plaisantes ? tu as vu ça où ?
—Sur Har'Thé l'autre soir ! confirma Riz'Ollè.

Le soupir qui fut transmis par le communicateur révéla bien l'avis de Riz'Otthon sur cette chaine de télévision galactique culturelle. Il n'aimait pas les chaines culturelles. Seul une poignée de marginaux les regardaient et Riz'Ollè en faisait partie. Pourtant ces chaines apportaient des connaissances incroyablement surprenantes.

—Bon et, que disais-tu à propos de dizaines de minutes ?
—Ben, ça fait dix minutes que tu fouilles la pièce où tu es donc j'aimerai que tu me fasses un rapport.
—Je pense, si ce que tu dis est vrai, que tu devrais venir. Ça doit être ici. Tu sais que le divinium ralentit le passage du temps quand il est fortement concentré.

—J'arrive tout de suite.

A peine avait-il fini sa phrase que la porte s'ouvrait le laissant entrer dans le bureau.

—Où ont-ils caché cette montre à ton avis ? demanda Riz'Otton.

—Si je le savais je ne le dirais pas je la prendrais et on serait rentrés immédiatement …

—Mais ça fait quand même quinze minutes maintenant que tu es là… s'énervait Riz'Otton.

—Mais non enfin …

—Tu as déjà oublié ?

—Oublié quoi ?

—La dilatation … commença Riz'Otton.

—La dilatation temporelle liée au Divinium enfin ! termina Riz'Ollè en grognant.

Pont du vaisseau du colonel Delapynsse * espace interstellaire

La petite troupe observait le Kir'pikoo toujours immobile. Ils se demandaient quoi faire et moi j'étais coincé, incapable d'agir dans le corps de cette brute. Je pouvais entendre ses pensées « Manger…Tuer….Déchiqueter… ». Une bien belle bête qui était restée dans le plus pur esprit de ce que j'avais souhaité. Mais maintenant il fallait que je reprenne la main, sinon elle allait tailler en pièce mon billet de retour.

—Que fait-on ? demanda Nikola

—On devrait l'assommer. Personne n'a une arme de poing ? demanda le capitaine Astakoï.

—Si moi ! répondit le professeur en tirant son arme de poing de sa ceinture.
—J'ai demandé si quelqu'un avait une arme … répéta Astakoï en insistant fortement sur le « quelqu'un ».
—Je ne te permet pas vile abomination ! réplica immédiatement le professeur Mhed.
—Stop vous deux ! hurla Blue en arrachant l'arme de la pince du professeur.
—Bien joué maitre ! lui sourit Yanh.

Le Kir'pikoo reprit ses esprits, il s'avançait doucement vers le professeur quand le maitre lui asséna un tir de plasma dans la tête. Il ne fut pas transpercé par le faisceau mais il fut envoyé au tapis. J'avais désormais le contrôle ! je sentais les forces mentales du Kir'pikoo, aussi faible soient-elles, l'abandonner à mon profit. J'étais désormais le seul aux commandes. Je me relevais et j'ouvris la bouche.
—Me revoila les amis !

Avant même d'avoir entendu mes propos, le maitre avait à nouveau mis en joue ma nouvelle enveloppe charnelle et s'apprêtais à tirer une nouvelle fois.
—Stop ! c'est moi ! Esdrael !

Le maitre, Yanh et les deux crustacés n'étaient pas moins terrorisés par cette nouvelle. Le maitre n'avait pas baissé son arme.
—Ça va aller ? tu comptes me garder en joue longtemps ?
—Non.
—Alors pourquoi ne me lâches tu pas ?

—Parce que si tu peux contrôler cette créature tu peux contrôler n'importe lequel d'entre nous. Répondit Yanh avant que le maitre n'ouvre la bouche.

Cette révélation me perturba. En effet, le jeune homme avait raison. Mais pourquoi ne pouvais-je faire ça que maintenant ? Ils ne me laisseraient pas tranquille à moins d'improviser une explication.

—C'est en fait parce qu'il m'a avalé ! dis-je avant de réfléchir à l'absurdité de mon explication.

Quand j'entendis ces mots sortir de ma bouche je me rendis compte que c'était trop absurde pour être accepté. J'allais corriger mes propos quand le maitre baissa son arme.

—Parfait ! si ce n'est que ça alors tu pourrais peut-être te faire manger par la créature ! ironisa le maitre.

—Je ne m'y essaierai pas ! répondis-je.

—Et vous auriez raison. Je pense que vous n'avez le contrôle que parce que l'on vient d'assommer le Kir'pikoo. Indiqua le professeur.

—Cessez de faire votre je-sais-tout. Je me sentirai obligé de vous exécuter immédiatement. Cria le capitaine Astakoï.

Dans le vaisseau des pirates de l'espace * espace interstellaire à proximité du vaisseau du colonel Delapynsse

Une certaine agitation régnait sur le pont supérieur. Le capitaine Hikensha, grand leader des pirates de l'espace, regardait avec intérêt ce qui se passait sur le vaisseau qu'ils venaient de trouver : un Kir'pikoo, une vile créature destructrice était en train de prendre le contrôle. Un des mousses, Ara'zé, interrompit sa réflexion.
—Capitaine Hikensha ?
—Oui monsieur Ara'zé ?
—Devons-nous maintenir l'abordage ?
—Surement pas ! attendons que le carnage de cesse, collez-leur une balise espionne et partons. Nous reviendrons quand tout ira mieux.
—Très bien mon capitaine, vous êtes brillant capitaine.
—Je le sais bien monsieur Ara'zé

La balise une fois lancée, ne mit pas longtemps avant de se fixer sur la coque du vaisseau. La balise commença à émettre et le capitaine ordonna le départ immédiat du vaisseau.

Dans le vaisseau du colonel Delapynsse * espace interstellaire

Le petit équipage continua sa conversation, je les observais pensif. J'étais désormais une arme moi-même, et si j'allais rendre visite à ces pirates de l'espace ? Les pirates avaient dû avoir vent de ma pensée car ils ouvrirent une fenêtre d'hyperespace et disparurent de la zone.
—Ils n'attaquent plus finalement ? demanda Yanh.
—Je pense que je leur ai fait peur. Dis-je.
—Non, enfin ... Si ! intervint le professeur.
—Il faudrait peut-être savoir non ?
—Je sais que vous ne lui avez pas fait peur !
—Et pourquoi donc avoir dit que si finalement ?
—Ils ont eu peur du Kir'pikoo. Il existe des légendes au sujet de cette espèce.
—Ah oui ? Quelle sorte de légendes ? demanda Yanh curieux.
—Pour ne pas être exhaustif, ils sont réputés capables de se fondre dans leur environnement, ils seraient en quelque sorte des calques de leur milieu.
—C'est génial ! s'enjoua Yanh.
—Vous savez comment je dois m'y prendre ? demandai-je curieux.

Je me rappelais d'un monde dévasté par un seul Kir'pikoo. Il était arrivé par le biais d'un vaisseau explorateur pour entamer une phase d'annihilation de vie sur un monde que les Kir'pikoo voulaient coloniser. Je ne les avais pas

dotés de capacités intellectuelles suffisantes pour avoir une réelle structure sociale, mais ils avaient croisé le chemin de mon imagination. Je les avais dispersés sur une poignée de mondes dans la galaxie voisine pour voir combien de mondes seraient détruits avant que quelqu'un ne comprenne comment les neutraliser : personne n'y était encore arrivé et d'ailleurs des milliers de mondes étaient tombés. Yanh et le maitre étaient partis se trouver une chambre, la fatigue les gagnait. Le professeur et le capitaine Astakoï restaient donc seuls avec moi et Nikola.
—Ils avaient besoin de se reposer, ce sont bien là des êtres inférieurs. Fis-je remarquer.

Personne ne fit de commentaire, ils en avaient tellement marre de mes remarques qu'ils avaient décidés, apparemment, de m'ignorer.
—Au fait professeur ? ce vaisseau porte un nom ? demanda le capitaine Astakoï.
—Non, seulement un matricule … le 3141596.
—Mais c'est nul ! vraiment vous les Langoustiens avez un problème avec les noms … comme le vôtre … Quelle personne censée pourrait procréer alors qu'elle transmet le nom de Mhed ?
—Ne recommençons pas, je peux renommer ce vaisseau en tant que son capitaine. Dit le professeur sans prendre en compte les paroles de l'Ecrevicien.
—Allez-y, essayez donc…
—Le croiseur pi !

Centre de Régulation des Artéfacts Divins Egarés – planète Kass'Rol'dô

Le C.R.A.D.E était une vieille organisation, la recrue Riz'cola était tout juste entrée dans ce bureau. Ce bureau pour lequel elle avait suivi un très long cursus de formation dans l'armée. Riz'cola avançait à pas feutrés dans le hall et lisait les panneaux d'affichage récapitulant l'histoire du C.R.A.D.E. Une histoire ô combien passionnante mais qu'elle n'aurait pas le temps de lire. Elle avait été convoquée pour un rendez-vous d'une importance capitale par le grand chef du C.R.A.D.E : le célèbre Riz'Golo. Riz'Cola était arrivée par ses propres moyens, les téléporteurs planétaires étaient en fait en panne depuis quelques jours et tout le trafic de personnes et de biens était ralenti.

—Bonjour, vous êtes ? demanda la secrétaire.
—Je suis … je suis l'agent Riz'cola.
—Ah oui ! votre nom est sur la liste. Je vous informe que votre rendez-vous a été décalé de trente minutes. Veuillez donc attendre ici.
—Je comprends, puis-je savoir ce qui retarde le directeur Riz'Golo ?
—Non. C'est classifié.

La recrue Riz'Cola était dégoutée, elle s'était empressée de déjeuner et était désormais coincée dans une salle d'attente en face d'une fonctionnaire. Quel cauchemar. La porte du bureau s'ouvrit, un agent se faisait jeter dehors. Il heurta le sol violemment, Riz'Cola se leva pour aller le relever.

—Vous allez bien ? demanda-t-elle.

—Ça peut aller, merci bien. Répondit l'agent en levant les yeux vers son sauveur.

L'instant suivant fut chargé, la recrue croisa le regard d'un grand et beau gaillard. Il était splendide, il devait au moins être de classe B … Riz'Cola s'empressa de lâcher l'agent, comme prise de panique.

—Détendez-vous, je ne mange pas les recrues.

—Qui… Qui êtes-vous ? demanda Riz'Cola

—Je suis l'agent Riz'yère

—Enchantée, je suis moi-même la recrue Riz'Cola.

—C'est votre première journée ?

—Oui. Comment le savez … commença la recrue.

—Votre badge est du mauvais côté. La coupa-t-il. Vous devriez en changer de place avant d'aller voir Riz'Golo.

—Je vous remercie du conseil.

La recrue corrigea le problème de son badge et se releva en aidant l'agent Riz'Yère. La secrétaire ouvrit la bouche de nouveau.

—Le directeur Riz'Golo vous attends

—Je …

—Taisez-vous et entrez ! ordonna la secrétaire en indiquant la porte.

Riz'cola jetta un coup d'œil vers Riz'Yère qui s'était installé sur un siège dans la salle d'attente. Celui-ci lui jetta un regard de soutien ? Elle répondit et s'avança dans le bureau. Le directeur était de dos, assis sur son siège à regarder la vue par la grande baie vitrée du bureau.

—Bonjour recrue, énoncez votre nom.

—Bonjour, je suis la recrue Riz'Cola.

*Croiseur pi * espace interstellaire*

La chambre que le maitre et Yanh avaient trouvée était meublée pour un Langoustien, pas pour des humains. Il fallut donc adapter quelque peu le projecteur de lit magnétique. Cela ne prit qu'une minute au maitre qui avait déjà eu ce problème dans la prison de la planète Oph'Owr.
—Maitre ? allons-nous finir par rentrer au monastère ?
—Je ne sais pas, j'aimerai bien mais il faudra voir ça avec Nikola. S'il estime que l'on doit aider Esdrael alors nous le ferons.
—Ce n'est pas vous la chef ?
—Bien sûr que si ! mais c'est un homme sage. Son avis m'a été utile plusieurs fois dans le passé.
—Vous pensez que l'on doit aider Esdrael ?
—Oui. Il existe un texte dans la bibliothèque du monastère, dans un ouvrage « le miaulement de l'apocalypse »
—Vous pouvez m'en parler un peu ?

Le maitre se lança dans un récit de sa découverte du livre dans la réserve de la bibliothèque.

*Quelques dizaines d'années plus tôt * bibliothèque du monastère de Lanh-Yakéa **

Blue ouvrit la porte de la réserve, il fallait trouver un livre que Nikola lui avait demandé. Il voulait vérifier qu'elle serait le maitre de la prochaine génération. Il avait demandé de chercher « le miaulement de l'apocalypse ». Ce titre avait une connotation humoristique, qui pouvait bien en être l'auteur ? cette question serait bientôt résolue, le livre était là, seul sur l'étagère du fond. Etrange qu'un livre soit situé ici. Blue l'ouvrit et commença à feuilleter l'ouvrage…

Il n'y avait pas grand-chose d'écrit, juste sept pages en réalité. Pas de nom d'auteur, Nikola se moquait-il de moi ? je continuai de lire, bientôt j'arrivais à une page différente. Il s'agissait d'une liste associée à une liste de lieux, mais cette liste était mystérieuse. Le premier lieu était tout proche du monastère…

« Dans la patte du mont Chacré, caché le trésor du voyageur devra être gardé » un dessin accompagnait le petit paragraphe : une belle montre à gousset.

Je prit le livre, et sortit de la bibliothèque. Nikola m'attendais à la porte de celle-ci.
—Vous l'avez trouvé ?
—Oui maitre.

*Pont * Croiseur pi * Espace interstellaire*

Nikola regardait les deux crustacés qui se défiaient l'un l'autre du regard. Il ne comprenait pas la beauté de ce spectacle, moi je savais l'apprécier. Il faudrait que je lui fasse voir cela quand j'aurai retrouvé mon essence divine.

—Que cherchez-vous sur mon visage capitaine ? demanda le professeur.

—Je vous regarde juste, je me disais que nous nous ressemblions un peu.

—Un peu ? Ricana Nikola. Vous rigolez là ?

—Qu'est ce que vous avez l'humain ? grogna le capitaine Astakoï.

—Mais enfin ! regardez-vous mieux ! cria Nikola irrité.

Je comprenais ce que faisait Nikola, il ne pouvait pas désamorcer mon spectacle personnel… J'avais bâti ce conflit depuis la nuit des temps. Je ne le laisserai pas m'empêcher d'assister à ces infinis conflits à venir.

—N'en dites pas plus Nikola, sinon je vous croque.

—Il ne va pas bien ce chat-là, déjà que fait-il ici ? demanda le capitaine Astakoï.

—Etes-vous aveugle ? je suis un Kir'pikoo … pas un chat.

—Enfin, vous en étiez un. Cela ne change rien pour moi que vous ayez été dévoré et ayez pris le contrôle de cette chose immonde.

—Pour moi non plus, ajouta le professeur.

—Bon je reprends, regardez vos pinces par exemple. Suggéra Nikola.

Le spectacle offert par ces deux idiots comparant leur anatomie était en fait très drôle. Cet humain était plein de ressources pour mon divertissement. Il faudrait le garder en sécurité pour le futur.

—Eh bien ? Qu'ont-elles nos pinces ? demandèrent en cœur les deux opposants.

—Regardez mieux.

—Je vais retrouver le maitre et l'enfant, j'en ai marre de vous. Grognais-je en partant.

Nikola jeta un regard réprobateur dans ma direction, puis activa le téléporteur pour m'envoyer dans la section où les deux autres avaient trouvés leur chambre. La dernière image que j'eut de ces deux imbéciles fut leur comparaison d'yeux. Décidément, nul besoin de propos violents pour créer un spectacle amusant…

*Chambre de Blue et Yanh * Croiseur pi * espace interstellaire*

—Comment ? Nikola a été votre maitre ? s'étonna Yanh

—Oui. Il m'a cédé le titre depuis mais il est resté mon référent. J'aime à penser qu'il m'assiste et veille sur la qualité de mon travail.

—Pensez-vous que je pourrais moi-même devenir le maitre de quelqu'un un jour ?

—Je pense que oui, mais pour l'instant écoute la suite de l'histoire s'il te plait.

C'est ce moment que je choisis pour entrer dans leur chambre sans prévenir. Les faisant par la même occasion sursauter.

—Me voilà ! de quoi parliez-vous ?

—Ah Esdrael ! Nous parlions de la jeunesse du maitre. Me répondit Yanh

—Oh … décidément, Nikola n'a pas le monopole des sujets ennuyeux. Vous vous souvenez de ça Maitre ? demandai-je sur un ton hautain.

—Je ne suis pas si vieille que ça vous savez !

—Laissez-le parler maitre, je crois qu'il a envie de nous agacer depuis le début.

—Tu as sans doute raison Yanh. Nous devrions le jeter dans le vide.

Le maitre reprit donc son récit, je l'écoutais tout en songeant à la véracité relative de la menace qu'elle venait de proférer à mon égard.

Chapitre VI

*Monastère de Lanh-Yakéa * planète Lanh-Yakéa*

Les deux agents du C.R.A.D.E avaient retourné tout le bureau. Ils avaient trouvé une plaque indiquant « Nikola T. » aucune trace de la montre.
—Tu crois qu'il faut contacter Riz'Golo et lui annoncer qu'on n'a pas trouvé la montre ?
—Je préfèrerai que l'on évite. Il ne va pas apprécier que l'on échoue.
—Tu es sûr ? l'interrogea Riz'Otton
—J'en suis sûr ! hurla son collègue. C'est le second artéfact dont il retrouve la trace et on ne peut pas le perdre aussi !
—Nous ne sommes pas responsables de la perte du carnet...
—Mais tais-toi donc ! je ne veux plus entendre parler de cet incident.
—Du calme, c'est bon d'accord attendons avant de lui en parler.

Quelques dizaines d'années plus tôt ∗
bibliothèque du monastère de Lanh-Yakéa ∗

—Qu'en dis-tu Blue ?
—Eh bien … Je ne saurai pas vraiment expliquer…
—Allez essaie, je suis curieux de voir ce que tu penses de ce livre particulier.
—Déjà, j'ai remarqué l'absence de nom d'auteur. Vous pouvez m'éclairer ?
—Non. C'est un livre anonyme. Plusieurs histoires tournent au sujet de cet ouvrage mais personne ne sait vraiment tout au sujet de ce livre.
—Vous n'avez pas d'hypothèse ?
—Non.
—Pourquoi ?
—Je suis le seul à connaître l'auteur. Soupira Nikola.
—Comment ?
—Moins de questions, raconte ce dont parle ce livre.

La curiosité de Blue était piquée au vif. Le maitre Nikola avait donc un secret caché, il connaissait l'auteur du livre le plus mystérieux de la bibliothèque. Il était même le seul à connaître l'auteur. Bien qu'elle eût souhaité en savoir plus, elle ne posa plus de questions et se contenta d'expliquer ce qu'elle avait compris.

—C'est une sorte d'inventaire, ou plutôt de liste.
—En effet, une liste de quoi ? l'interrogea Nikola.
—Une liste d'objets. Mais ils ne sont pas réels, c'est impossible !
—Pourquoi est-ce impossible ?

—Eh bien, cette montre ne peut pas faire ce qui est indiqué…

—Qu'est ce qui est indiqué au sujet de la montre du grand voyageur ?

Le livre accordait une page entière à cette montre, d'abord une énigme puis des caractéristiques et un dessin. La montre était décrite comme pouvant indiquer la position de n'importe quel objet où être tant qu'on le cherche, et ce peu importe sa position dans l'univers. Blue ne pouvait pas concevoir tel prodige.

—Elle permet de trouver n'importe quoi, ou n'importe qui… c'est impossible.

—Je ne suis pas d'accord, j'ai vu ce prodige. D'ailleurs j'ai également rencontré les six autres objets. Annonça Nikola.

*Chambre de Blue et Yanh * Croiseur pi * espace interstellaire*

J'écoutais attentivement l'histoire du maitre Blue, Yanh faisait de même. Ainsi Nikola avait été en contact avec cette « montre du grand voyageur ». Une sorte de relique au pouvoir plus qu'intéressant pour moi. Il me suffirait de chercher une personne pouvant me ramener dans ma dimension.

—Maitre ? demandai-je.
—Oui Esdrael.
—L'avez-vous cette montre ?
—Non.
—Savez-vous où elle est ?
—Non. Répondit sèchement le maitre.
—Dans ce cas … Je vais aller voir Nikola.

—Cela vous sera inutile.
—Et pourquoi ?
—Il ne le sait pas non plus.

Le maitre mentait-elle ? Cherchait-elle juste à cacher cet artéfact ? Je me sentais assez mal : serait-ce ça le rejet ? c'était abominable. Et pourtant qu'est ce que c'était drôle … Quand j'étais un être supérieur je m'amusais à créer des créatures qui se discriminaient entre-elles pour une petite différence de coloration … de taille, tout un panel de conflits… d'ailleurs les Langoustiens et les Ecreviciens étaient un des exemples les plus réussis.

—En réalité nous n'avons que des idées de sa position. Nous n'avons jamais vraiment cherché à la trouver. Indiqua Blue.
—Mais pourquoi ? Vous auriez pu faire ce que vous vouliez avec … m'étonnais-je.
—Oui, et c'est exactement le problème.
—Je ne vois vraiment pas.

*Station spatiale Maar'Keit * espace interstellaire*

L'agitation ambiante était typique d'un jour d'enchères, un nouvel aventurier avait rapporté des objets qu'il espérait vendre à bon prix. Chaque fois c'était la même chose : il venait, présentait ses objets et proposait un prix de départ puis c'était une envolée vers l'infini. En revanche, cette fois c'était très particulier, cet aventurier était différent. La foule sentait que quelque chose allait arriver sans trop savoir. Il tenait dans sa main un petit sac.

—Mesdames, messieurs, créatures en tout genre, bienvenue à vous à cette 44ème édition des enchères de la station Maar'Keit. Cria le commissaire-priseur dans son micro.

La foule ne répondit pas, le silence s'était fait d'un seul coup au premier mot du présentateur. Un hologramme géant apparut surplombant la foule. Il représentait un chiffre pour le moment : 0.

—Comme d'habitude vous pourrez suivre le montant de l'enchère sur l'hologramme avec une image de l'objet proposé à la vente. Utilisez bien vos boitiers pour enchérir.

Le vendeur s'avança sur l'estrade et posa son premier objet sur le scanner à projection. L'hologramme se mit à jour présentant maintenant un drôle de bout de bois.

—Ceci mes chers amis est une branche de l'antique Orbitinier de Lanh-Yakéa. Elle pourra servir à produire un nouvel arbre si vous en avez l'envie !

La première enchère tomba et le présentateur l'annonça en mettant l'hologramme à jour.

—44.000 maar !

Une clameur de la foule salua la première enchère et une seconde ne tarda pas à tomber.

—45.000 maar ! allez-y laissez-vous tenter !

Personne ne se manifesta, plusieurs articles partirent ensuite, une écaille de Lombricorne partit au prix de 253.000 maar pour le compte d'un riche collectionneur Ecrevicien portant le nom de Tau'tal ; une dent de Kir'pikoo pour 672.000 maar. Le dernier objet arriva bientôt :

—Cette fois, voici la clé de voûte de cette vente ! chers camarades, un artéfact légendaire ! Le carnet du créateur !

La foule perdit son sang-froid et une clameur générale de surprise se fit entendre.

—Je propose de démarrer à 17.000.000 de maar. Termina le vendeur.

—175 millions !

—200 millions !

Les enchères ne s'arrêtaient plus. La valeur du carnet explosait littéralement : 12 milliards de maar fut le prix final. Le collectionneur Ecrevicien avait encore frappé. La vente terminée, la foule se dispersa dans la station pour rejoindre son monde. Le collectionneur entra dans son vaisseau et repartit en direction de Thétysia.

*Vaisseau de Tau'tal * à proximité de Téthysia*

Le voyage de retour vers Téthysia se déroulait bien, la nébuleuse de la chaussette devenait de plus en plus grosse au fur et à mesure que le vaisseau s'approchait. La planète faisait de même. Une secousse frappa le vaisseau de Tau'tal, les moteurs cessèrent de fonctionner. Le vaisseau n'avançait plus que grâce à l'inertie.

*Vaisseau des pirates de l'espace * espace interstellaire*

Le capitaine Hikensha observait les données de la sonde espionne. Le Kir'pikoo n'avait pas encore tué l'équipage, il fallait donc continuer à attendre. Bientôt il reçut une information de son second mousse : O'Shokolah
—Capitaine Hikensha.
—Oui monsieur O'Shokolah.
—J'ai pisté le collectionneur Ecrevicien, il n'est pas encore chez lui et cette fois il a réussi à se procurer quelque chose de très précieux !
—Quoi donc ?
—Le carnet du créateur.
—Vous savez que vous finirez dans le vide spatial si vous mentez ? demanda Hikensha.
—Oui capitaine, je ne mens pas, je vous jure sur ma vie qu'il a ce carnet en sa possession.
—Dans ce cas, nous arrivons.
Le capitaine alluma le communicateur interne du vaisseau et hurla.

—Nouvelle cible prioritaire : cap sur la planète Téthysia.
—A vos ordres mon capitaine. Répondit A'razé en modifiant le cap avec le pilote.

*Vaisseau de Tau'tal * à proximité de Téthysia*

Le collectionneur subissait une attaque, les capteurs indiquaient un vaisseau de grande taille par rapport au cargo. Une transmission arriva sur ses moniteurs. Le pilote du cargo la lut à voix haute.
—Nous allons vous détruire, livrez-nous le carnet du créateur ou vous mourrez.
La carapace du pilote vira au bleu, il lança un regard désespéré vers son maitre et ouvrit la bouche pour parler.
—Donnez leur maitre, nous ne voulons pas mourir. Supplia le pilote.
—Non. Hors de question, je viens de donner une fortune à un aventurier pour cet artéfact.
—Puis-je quitter le vaisseau avant sa destruction ? demanda le pilote terrorisé.
—Bien entendu, lui répondit Tau'tal.
—Merci, bonne chance patron. Lança le pilote en tournant le dos à son patron.
Tau'tal dégaina son arme de poing, tira un rayon mortel dans le dos de son déserteur en riant. Une nouvelle transmission arriva :
—Livrez-nous le carnet ou nous venons le chercher.

La réponse de Tau'tal ne se fit pas attendre, il brancha la communication et commença à parler.

—Je vous propose de vous le donner en pinces propres. Proposa Tau'tal.

—Très bien, soit. Ouvrez-nous un hangar nous arrivons. Répondit le capitaine des pirates.

Une dizaine de minutes plus tard, le capitaine des pirates entra dans le hangar accompagné d'un de ses mousses tenant en laisse un spécimen de lombricone parfaitement développé.

—Bonjour cher ami, je suis le capitaine Hikensha, c'est un plaisir de vous voir coopérer.

—C'est un immense plaisir que de vous accueillir à mon bord, je vais pouvoir vous tuer moi-même comme cela. Répondit Tau'tal.

—Ahahah ! ricana le capitaine Hikensha

—Capitaine ? Je lâche Rudolphe ? demanda A'rasé.

—Allez-y.

L'instant qui suivit cette autorisation, Tau'tal s'effondrait sur le sol de terreur. Il plaqua ses pinces devant lui et donna le carnet en suppliant.

—Non s'il vous plait ! tenez !

—Trop tard pour vous ! ricana le capitaine Hikensha. Régale toi Rudolphe.

Le lombricorne de combat du capitaine Hikensha attaquait désormais le malheureux Ecrevicien. La carapace de Tau'tal craquait sous la dentition du dénommé Rudolphe. A'rasé se saisit du carnet et le tendit à son capitaine.

—Merci bien monsieur A'rasé.

—C'est un honneur de vous servir capitaine Hikensha.

—Allez, rentrons ! ordonna le capitaine tandis qu'A'rasé attachait de nouveau Rudolphe dont les lèvres étaient couvertes de sang.

*Quartiers de l'équipage * Croiseur pi * espace interstellaire*

La nuit avait été longue, les discussions avaient duré longtemps et bientôt ce fut le réveil du vaisseau qui réveilla tout le monde. Etre réveillé par un vulgaire ordinateur de bord alors que l'on est un dieu vivant était vraiment exaspérant.

Nous quittâmes tous nos chambres, Nikola et Blue étaient les premiers sortis, puis ce fut moi et enfin les deux crustacés suivis de Yanh. Le service restauration était assuré par l'ordinateur de bord. Il avait déjà entrepris de préparer un superbe buffet et tout l'équipage fut téléporté. Le vaisseau avait précisément installé le nombre de siège nécessaires pour la petite troupe.

—Cet ordinateur de bord est fabuleux ! s'enjoua Yanh.
—En effet, je le suis. Répondit une voix informatique. D'ailleurs je souhaite signaler que nous avons un mouchard sur la coque …

Chapitre VII

*Monastère de Lanh-Yakéa * planète Lanh-Yakéa*

Riz'Otton et Riz'Ollè parcouraient désormais les pages de documents disponibles dans le bureau du dénommé Nikola. Rien de très intéressant, en tout cas jusqu'à ce que Riz'Ollè mette la main sur un dossier intitulé « études du miaulement de l'apocalypse par Blue ».
—Eh ! regarde ça !
—Quoi encore ? demanda Riz'Otton.
—Ce ne serait pas le titre du livre du chef ? demanda Riz'Ollè en montrant le dossier à son collègue.

Après une courte mais intense réflexion, Riz'Otton acquiesça. Ils avaient enfin une piste sérieuse à creuser.
—Je pense que l'on trouvera peut-être un indice. Je vais contacter le chef.
—Fais donc ça.

Tandis que Riz'Otton allumait son communicateur, le second individu poursuivait sa découverte du fameux dossier. Il semblait dater de plusieurs années.
—Grand Riz'Golo, désolé de vous déranger.
—Vous ne me dérangez que si vous n'avez pas de nouvelles pour moi. Répondit le dénommé Riz'Golo.

—J'en ai justement, enfin nous en avons. Il semble qu'un exemplaire du miaulement de l'apocalypse soit ici.
—Vraiment ? C'est fascinant mais ... Est-ce là tout ce que vous avez ? demanda Riz'Golo.
—Non monsieur, il semble également que quelqu'un l'ai étudié.
—Quoi ?!
—Oui monsieur. Répondit Riz'Otton.
—Qui est à l'appareil monsieur ? demanda une voix féminine.
—Vous taisez-vous, attendez votre tour s'il vous plait, ceci est une conversation importante ! ordonna Riz'Golo.
—A qui parlez-vous Monsieur ? Demanda Riz'Otton terrifié à l'idée de s'être fait réprimander.
—A une recrue, j'étais en train de lui faire passer un entretien pré-intégration, mais cela ne vous concerne en rien ! Continuez votre travail, ramenez-moi cet exemplaire et tout document qui s'y rapporte ainsi que, et c'est là l'essentiel, la montre du grand voyageur.

    La communication fut coupée, Riz'Ollè avait terminé la lecture du dossier, il n'était pas très long et ne contenait que peu d'informations, il n'y avait en fait que la liste des sept artéfacts qu'ils étaient censés retrouver. Rien de bien nouveau, sauf qu'en face de la section concernant la montre se trouvait une information capitale que Riz'Ollè révéla sans attendre.
—Ils l'ont trouvée ! cria Riz'Ollè.
—Ah bon ? Où l'ont-ils rangée ?

—Ils l'ont laissée à sa place, ils ne disent pas ici l'avoir déterrée mais ils expliquent qu'une zone de dilatation temporelle majeure se trouve dans la montagne derrière le monastère.
—Le mont Chacré vous voulez dire ? demanda Riz'Otton
—Oui, à moins que vous n'ayez vu une autre montagne derrière ce monastère. Se moqua Riz'Ollè.
—Non, ça va aller ? vous avez bientôt fini de vous moquer ?
—Mais oui …
—Et si nous partions à la recherche de la montre ?
—Il faut d'abord trouver le livre, ensuite nous irons chercher la montre.

Centre de Régulation des Artéfacts Divins Egarés – planète Kass'Rol'dô

L'appel venait de se terminer, la recrue tremblait sur son siège. Elle avait conscience de ce qu'elle venait de faire comme erreur.
—Mademoiselle, de quel droit m'avoir coupé la parole ? demanda Riz'Golo
—Je … hasarda-t-elle
—Il n'y pas de je ! cessez donc de me répondre !
—Mais monsieur …
—Pas de mais non plus ! Non mais quel toupet enfin !
—Je croyais qu'il n'y avait pas de mais … et pourtant … commença-t-elle avant d'être interrompue par un coup sur le bureau.

—STOP ! ordonna Riz'Golo.
—Oh eh ben ... Décidément ... marmonna-t-elle discrètement
—Pour quel poste étiez-vous venue candidater ? l'interrogea Riz'Golo.
—Je suis venue pour être récupératrice monsieur.
—Oh ! Madame est ambitieuse et veut ce poste, vous savez la sélection va être délicate et ... commença-t-il.
—Je suis prête à tout pour obtenir ce poste ! L'interrompit-elle.
—Dans ce cas ... Vous êtes engagée, allez donc rejoindre l'agent dans le couloir, vous serez sa coéquipière. Ordonna-t-il.

Riz'Cola n'en croyait pas ses oreilles, elle avait bien entendu ? Elle était ainsi intégrée au corps d'élite du C.R.A.D.E ? n'étant pas tout à fait certaine de son interprétation elle demanda confirmation.
—Je suis embauchée monsieur ?
—Oui. Maintenant sortez, vous avez une mission qui vous attends.

*Monastère de Lanh-Yakéa * planète Lanh-Yakéa*

Les deux individus avaient repris leur exploration des lieux, le monastère était aussi grand que dans les descriptions que leur avait faites Riz'Golo. Aucun plan exact du monastère n'était disponible : très peu d'étrangers y étaient admis. La fouille dura encore une bonne demi-heure jusqu'à ce que Riz'Otton ne crie sa joie dans son communicateur.

—Je l'ai trouvé !

—Ah ! Parfait ! Nous pouvons maintenant partir chercher la montre !

—Il me semble que oui, avez-vous toujours le dossier ?

—En effet, je l'ai miniaturisé et rangé dans ma sacoche. Allons-y.

Ils sortirent du monastère, non sans une certaine prestance dans le pas. Ils avaient hâte de récupérer l'artéfact, cela faisait plusieurs semaines qu'ils travaillaient à la récupération de la montre. Les années précédentes les avaient conduits sur la piste du carnet du créateur. Celui-ci leur avait été volé par un aventurier qui passait par là. D'autres le retrouveraient à leur place. Le chef Riz'Golo n'avait pas apprécié ce qui s'était passé.

—Dis-moi Riz'Ollè, tu crois que l'on va réussir à retrouver la montre ?

—Je l'espère, sinon c'est toi qui annonceras au grand Riz'Golo qu'on a égaré un deuxième artéfact. La dernière fois il m'a presque envoyé au Paradis.

—C'est vrai, alors allons récupérer la montre.

*Pont * Croiseur pi * espace interstellaire*

La dernière révélation occupait l'attention de tout le monde, ils cherchaient où était le mouchard sans aucun succès. C'est encore une fois avec joie que je pouvais voir que ma création de stupides êtres avait bien marché. C'était pour cela qu'ils ne demandaient pas simplement à l'ordinateur où était exactement le mouchard.
—Ordinateur ? où est le mouchard s'il vous plait ? demandai-je pour m'épargner plus d'ennui.

L'ordinateur répondit en affichant un hologramme avec un point rouge.
—Vous nous aurez été utile quelques secondes au moins … Bravo Esdrael ! grommela le professeur.
—Ce n'est qu'un chat, cessez de parler de lui comme d'un être intelligent. Grogna le capitaine Astakoï.
—Oh vous alors ! m'énervais-je.

S'en était trop. je saisis le capitaine Astakoï et le menaçait de mes griffes puissantes.
—Qu'avez-vous dit vermine ?
—Je ….
—Oui c'est ça ! vous l'êtes oui !
—Je suis vraiment …
—J'ai bien compris ! je ne suis pas un chat ! je suis Esdrael !

En disant cela, mes yeux se mirent à rayonner en bleu. Le capitaine me fixait et commençait à paniquer, cette lueur ne le rassurait pas. Il n'avait pas dû voir souvent un Kir'pikoo avec des yeux émettant de la lumière. Je diminuai ma pression contre son thorax et le laissait prendre une respiration.

—Vous avez compris capitaine Astakoï ? demandai-je.

—Laissez-le tranquille ! ordonna Nikola.

—N'intervient pas Nikola.

—Restez en dehors de ça vous tous ! j'essaie de faire comprendre à cette vermine qu'il n'est pas en face d'un chat !

Je songeai à mes instants précédents dans le corps d'un chat. Ce n'était pas sympathique de me rappeler ma faiblesse en ces instants. Des picotements me parcoururent. Ça n'allait pas recommencer ? Je lâchais pour de bon le capitaine, je ne le voulais pas mais je n'avais plus la bonne taille. J'étais désormais de nous tout petit.

—Tu es redevenu un chat Esdrael ! me dit Yanh.

—Ahahah ! il est redevenu un chat ! vous voyez mon cher... ricana le capitaine Astakoï.

Vaisseau des pirates de l'espace * espace interstellaire

Le capitaine Hikensha était installé sur son siège au sommet du poste de pilotage. L'équipage était en effervescence, le capitaine avait eu le luxe de montrer une nouvelle fois la puissance de son Lombricorne. Il avait hérité de ce lombricorne grâce à un voyageur qu'il avait un jour guidé sur une planète : un certain Daar'wyn qui s'était égaré sur un monde peuplé par une civilisation étrange : des êtres bipèdes à l'allure de champignon.
—Capitaine Hikensha ? fit A'rasé.
—Oui Monsieur A'rasé ?
— Le Kir'pikoo est devenu un chat capitaine ! annonça le mousse.
—Parfait ! nous éluciderons ce mystère une fois que nous aurons capturé ce vaisseau. Rejoignez-les immédiatement ! préparez les armements ! ordonna le capitaine Hikensha.
Le vaisseau des pirates repartit en hyperespace. Ils étaient tout prêt de la cible. Ils avaient en prime un avantage tactique : l'effet de surprise.

*Pont * Croiseur pi * espace interstellaire*

C'était difficile mais je me rendis à l'évidence. Le capitaine avait raison. Je n'étais plus qu'un dieu-chat … Ma grandeur avait fondu drastiquement. Je ne me souvenais que de bribes d'informations désormais, ma mémoire disparaissait … Je devenais maintenant de plus en plus chat, de moins en moins dieu.

—Ça va aller Esdrael ?

La question de Yanh n'eut pas de réponse, le vaisseau était sous le feu d'un ennemi que l'ordinateur identifia.

—Un croiseur pirate est sorti de l'hyperespace à côté de nous. Indiqua l'ordinateur de sa voix monotone. Il semble avoir chargé ses armes.

—Activation des boucliers ! ordonna le professeur.

—Boucliers activés avec succès. Répondit l'ordinateur de bord.

Une idée traversa mon esprit, le vaisseau étant tellement plus intelligent que ses constructeurs, c'était admirable de leur part. Une transmission apparut sur les écrans.

—Livrez-nous le vaisseau et il ne vous sera fait presque aucun mal ! ordonna le capitaine des pirates.

Le professeur jeta un coup d'œil au capitaine Astakoï. Ce dernier semblait avoir compris le message et se saisit de son arme de poing, visiblement prêt à en découdre. Un morceau de la coque vola en éclats quand les pirates foncèrent sur le croiseur pi. L'équipage de ce dernier tomba sur le plancher du pont. Les pirates avaient formé une brèche, ils pouvaient désormais entrer dans le vaisseau.

Les scanners indiquèrent deux perturbations : la première étant une brèche de la coque, la seconde venant de l'hyperespace. Une onde de déplacement : les scanners indiquaient qu'un objet gigantesque approchait très vite...

Les pirates mirent les pieds dans le vaisseau, le professeur eût un éclair de génie que je pus apercevoir dans ses yeux.
—Belle idée professeur ! le flattais-je.
—Que ... Quoi ? demanda-t-il surpris.
—Utiliser les téléporteurs pour prendre leur vaisseau. Belle idée je vous disais.
—Il n'a rien dit. Fit remarquer Yanh.
—Il allait le faire ... n'est-ce pas professeur ? demandai-je
—Oui ! Nous allons voler leur vaisseau.

L'ordinateur intervint dans la conversation sans crier gare. Il annonça que la signature relevée par les scanners était celle d'Hab'Zazzel et qu'il se précipitait sur notre vaisseau. Je fus pris d'un sentiment étrange, quelque chose me comprimait les tripes. La créature pouvait-elle me faire souffrir sans même me toucher ? comment une telle chose était-elle possible ? Je n'eût pas la réponse à cette question, le professeur enclencha les téléporteurs internes du vaisseau et nous envoya dans le vaisseau des pirates. Il était un peu plus étroit que le nôtre et pourtant bien mieux armé et protégé. Le professeur fit vite et appuya sur plusieurs boutons, propulsant le vaisseau des pirates dans l'hyperespace tandis que la créature en sortait.

—Priez maintenant ! demandai-je.

—Pourquoi ? vous pouvez nous protéger de cette chose ? demanda Yanh.

—Absolument pas, mais quitte à mourir … répondis-je.

Personne ne releva cette remarque et tous furent heureux de constater que la créature semblait ne s'intéresser qu'à leur ancien vaisseau. Le professeur aurait froncé les sourcils s'il en avait, mais il en était dépourvu et ne le fit donc pas.

—J'ai peur que nous ayons un problème sur le long terme… annonça-t-il sur un ton théâtral. Je pense que la créature traque notre camarade Esdrael et sa signature de Divinium…

Cette remarque nous pétrifia, en particulier moi. Une créature infernale me cherchait, probablement la seule chose dans l'Univers que je n'avais pas prévue. Nos songes à ce sujet furent interrompus par un appareil qui émit des « bip » répétés. Tout le monde se tourna vers la source du bruit : Nikola. Il sortit alors de sa poche un appareil : le système d'alarme du monastère, quelqu'un était entré dans son bureau…

Centre de Régulation des Artéfacts Divins Egarés – planète Kass'Rol'dô

Riz'Cola sortit du bureau de Riz'Golo, repassa devant la secrétaire et retrouva l'agent Riz'yère qui n'avait pas bougé.
—Vous m'avez attendue ?
—Oui, en même temps je venais de me faire adjoindre une collègue alors quand je vous ai vue ici je me suis dit que ce serait vous.
—Vous êtes perspicace dites-moi…
—C'est une part de notre travail, d'ailleurs je voulais surtout qu'on commence tout de suite. Notre mission est de la plus haute importance.
—Ah bon ? Quelle est cette mission ? demanda Riz'Cola.
—Nous devons retrouver ce que des incompétents ont égaré. Ils ont réussi à perdre un artéfact perdu…
—Ah oui ! ils sont extraordinaires ceux-là … De qui s'agit-il ?
—Ce sont les agents Riz'Otton et Riz'Ollè. Ils se sont fait braquer par un aventurier sur Téthysia alors qu'ils venaient de récupérer le carnet du créateur.
—Ils ont perdu le carnet du créateur ? Ce n'est pas possible…
—Eh bien si …

Les deux agents sortirent du quartier général du C.R.A.D.E en montant dans un des vaisseaux mobiles de récupération. Les VMR, un design sommaire et des capacités de combat réduites, à peine capable de transporter vingt personnes. N'importe qui aurait vu un cigare plutôt qu'un réel vaisseau interstellaire.

—Pourquoi sommes-nous contraints d'utiliser un VMR quand on sait de quoi dispose le C.R.A.D.E ? interrogea Riz'Cola.

—Notre mission nécessite que l'on soit discrets, les armes ne peuvent pas être visibles. Ne vous en faites pas il fera parfaitement le travail.

—Donc nous mettons le cap sur Téthysia j'imagine ?

—Vous êtes au moins aussi perspicace que moi dites-donc ! fit remarquer Riz'yère.

Alors que le VMR entrait en hyperespace, un signal de détresse arriva. Un vaisseau était sous attaque tout près.

Chapitre VIII
*Croiseur pi * espace interstellaire*

La créature était sortie de l'hyperespace. Les pirates étaient en proie à la panique. Ils avaient été roulés et donnés en pâture à une créature infernale. Le capitaine Hikensha pestait de ce qui se passait.

—Rattrapez les ! Bande de bons à rien !
—Mais capitaine... commença A'rasé.
—Quoi mais !? Depuis quand on monte tous dans le vaisseau qu'on aborde ? hurla le capitaine.

Les pirates de l'espace commençaient à se sentir bêtes, ils n'avaient pas réagi : ils étaient tous montés à bord pour l'abordage.

—Bande d'idiots ! Grâce à vous ils nous ont volé notre vaisseau !
—On est désolés capitaine... intervint O'Shokolah.
—Quoi ?! vous vous fichez de moi ? Tous dans le vide !

Cette phrase terminée, le capitaine aperçut une mâchoire gigantesque qui fonçait sur eux. La seconde qui suivit fut longue. Une lueur verte traversa le vaisseau de part en part.

Les dents du monstre étaient gigantesques, alors que le vaisseau abordé précédemment se faisait déchiqueter par la puissante mâchoire, la dépressurisation ne se fit pas. Le monstre avala les débris et bientôt tous étaient dans le ventre de la bête.

*Dans le ventre de la bête * espace interstellaire*

Hikensha se releva, soutenu par une puissante patte. Une créature humanoïde à trompe et défenses l'aidait à se relever. Plus loin, près d'un orifice étrange, se tenait un être qui ressemblait à un Ecrevicien.
—Qui êtes-vous ? demanda la créature à trompe.
—Je suis le grand capitaine Hikensha.
—Enchanté et bienvenue ici … Je suis la reine Ivoriaah III de la planète Aphe-rycah.
—Je n'ai jamais entendu parler de vous madame, fit respectueusement Hikensha.
—Je n'en avais pas entendu parler non plus … intervint l'autre personne.
—Et vous ? Qui êtes-vous ? l'interrogea Hikensha.
—C'est le Roi Gry'Had. Il n'est pas très bavard, je le crains.
—Comment voulez-vous que je sois bavard, un poulpe géant nous a dévorés, nous ne sommes plus que des casse-croûtes ambulants coincés dans l'estomac de cette chose.

Les trois individus continuaient leur conversation quand le ventre de la créature se contracta. Elle entamait un déplacement plus rapide. C'est la reine Ivoriaah qui parla en premier.
—Que se passe-t-il donc ?
—Aucune idée, vous étiez là avant moi ! grogna sèchement le capitaine Hikensha.
—Oui mais c'est la première fois que cela arrive, fit remarquer le roi Gry'Had.

La créature commença à grogner. C'était terrifiant, on aurait pu croire que c'était un râle d'agonie. Le capitaine tremblait comme une feuille, le roi Gry'Gad exténué ne réagit pas tandis que la reine commençait à crier.
—Au secours !
—C'est inutile, nous sommes dans le vide, le son ne se propage pas … ricana le capitaine.
—Je …
—Ne vous enfoncez pas plus ma chère, ce serait dommage pour votre rang, lança Hikensha.
—Vous n'avez rien d'un honorable capitaine ! êtes-vous sûr d'être capitaine ? interrogea la reine Ivoriaah.
—Je suis le capitaine des pirates de l'espace !
Cette révélation fit réagir le roi Gry'Had. Il se leva et s'approcha en ouvrant grand sa pince.
—Dans ce cas vous ne m'en voudrez pas si je vous tue et vous mange ?
—Ahah tentez donc cela vile Ecrevicien !

Le capitaine n'avait pas conscience de ce qu'il venait de faire, en revanche la reine se doutait du problème. Le roi Gry'Had et elle s'étaient entretenus longuement quand il avait débarqué dans l'estomac de la bête. Elle avait dû supporter de longues conversations à propos des guerres entre Langoustiens et Ecreviciens, la haine du roi Gry'Had pour les Ecreviciens était tellement grande qu'une étoile n'aurait pas suffi pour la détruire.
—Vous ! comment osez-vous vile pirate ? hurla de rage le roi Gry'Had !

—Détendez-vous mon gars, je ne voudrais pas vous tuer ! ricana Hikensha en pointant une arme de poing sur le roi enragé.
—Me menacer d'une arme ? Savez-vous que ma carapace en chitine me protège des projectiles ?
—Vérifions si elle vous protègera vraiment !

Hikensha allait tirer quand la patte extrêmement musclée de la reine s'abattit sur son bras.
—Eh ! hurla de douleur le capitaine.
—Calmez-vous vous deux, quelque chose se passe dehors.

*Vaisseau Mobile de Récupération * espace interstellaire*

Le VMR sortit de l'hyperespace à proximité de l'origine du signal de détresse. Riz'yère avait décidé de ne pas s'arrêter précisément au point d'origine du signal au cas où le danger soit trop grand.
—Je crois que j'ai bien fait de nous arrêter à distance. Regarde là-bas !
—En effet, qu'est-ce que cela ? demanda Riz'Cola.
—On dirait un poulpe, mais celui-ci est d'une taille incroyable !
—Je ne pensais pas qu'une telle chose puisse exister ! s'exclama la jeune recrue.
—Je propose de faire feu sur cette chose, le signal provient directement d'elle, des malheureux ont étés gobés !

—Très bien, je m'en occupe, répondit-elle en prenant les commandes de l'armement.

La recrue regrettait encore plus de n'avoir qu'un petit VMR plutôt qu'un croiseur de combat du C.R.A.D.E. Mais bon, ils devraient faire avec le matériel qui était le leur. Elle fit feu en visant ce qui lui semblait être le centre de la créature. La chose se tourna vers le VMR et s'approchait doucement, puis une accélération rapide amena le VMR au bord de la mâchoire du monstre. Une armée de tentacules entouraient désormais le VMR.

—Que dois-je faire ? demanda Riz'Cola.

—Bonne question ma chère, tirer ? suggéra Riz'Yère.

—Très bien ! c'est parti !

Elle regretta assez vite cette décision car le monstre goba le VMR d'un trait. Ils atterrirent dans l'estomac, un bruit sourd se fit entendre : quelque chose avait été écrasé.

*Mont Chacré * Planète Lanh-Yakéa*

Riz'Ollè et Riz'Otton progressaient difficilement, les indications du dossier étaient imprécises. Ils avaient déjà monté plus de cinq cent mètres d'altitude sans trouver le site indiqué dans le document.

—Tu es sûr que l'on est sur le bon sentier ? demanda Riz'Ollè
—Absolument, c'était le seul présent.
—Alors pourquoi ne sommes-nous pas arrivés ?
—Il me semble que si quelqu'un avait caché cette montre, il ne l'aurait pas cachée au pied de la montagne.
—Bonne remarque. Continuons.

Ils reprirent leur ascension du mont Chacré, leur communicateur se mit à sonner : Riz'Golo les contactait. La sonnerie continuait, personne ne se décidait à répondre à l'appel. Riz'Otton finit par se décider, lassé par la sonnerie, la peur toujours en lui.

—Qui y'a-t-il monsieur ? demanda Riz'Otton
—Nous avons perdu le signal d'un de nos VMR. Pourriez-vous aller voir ce qu'il en est quand vous aurez retrouvé la montre ?
—Bien sur monsieur, nous nous hâtons.

La communication fut brutalement coupée. Une perturbation électromagnétique coupait la transmission. Les deux agents tournèrent la tête et cherchaient du regard la source.

—Qu'est ce qui génère ce brouillage ?
—Je pense que ça vient d'ici ! indiqua Riz'Otton en pointant du doigt une drôle de structure au sol.

—On dirait …
—Oui c'est une empreinte de chat !

Vaisseau des pirates * espace interstellaire

Les pirates avaient eu une bonne leçon, j'étais toujours tordu par la douleur dans mon ventre. Les autres me fixaient.
—Tu vas bien Esdrael ? demanda Yanh
—Je …
—Apparemment non, répondit Blue à ma place.

C'était un euphémisme, je me sentais au plus mal, la dernière fois que j'avais eu aussi mal était ma première rencontre avec le sol de la planète Lanh-Yakéa. Nos détecteurs indiquèrent qu'un second vaisseau était apparu dans la zone et venait de se faire dévorer par la créature. Je songeai avec plaisir à la surprise ressentie par l'équipage de ce vaisseau. Il faudrait que je remercie le créateur de la chose qui les avait mangés. Cette personne avait la même vision du monde que moi. Cela n'arrangea rien à ma douleur. Ils étaient tous désemparés, seul le capitaine Astakoï semblait heureux.
—Qu'est-ce qui vous rend heureux Astakoï ?
—Juste de voir ce pseudo-dieu souffrir.

A peine eût-il fini de prononcer cette phrase que je me relevai, la douleur avait disparu. Je jetai un œil à l'extérieur du vaisseau : la créature avait disparu également. Peu importe ce qu'elle me faisait, ça me faisait mal.

Nikola se plaça face au petit groupe, nous fixa tous. Je me demandais, sans doute autant

que les autres, ce qu'il avait à nous dire. Il commença à parler.
—Camarades, je souhaiterai réquisitionner ce vaisseau et vous-même. J'ai besoin de votre support,
—Pourquoi devrions-nous vous aider ? demanda Astakoï.
—Je vous rejoins sur ce point capitaine. Ajouta le professeur.

Je croyais rêver. Nikola avait réussi à faire se ranger du même côté deux races que j'avais moi-même séparé par une violente répulsion. Je commençais à ressentir une certaine admiration pour cet homme. Il émanait de lui comme une aura différente de celle de tous les autres êtres de mon univers.

*Dans le ventre de la bête * espace interstellaire*

La reine Ivoriaah était horrifiée. Devant ses yeux, un vaisseau spatial était entré dans l'estomac de la bête et avait percuté le roi Gry'Had de plein fouet. Celui-ci ne bougeait plus.

—Roi Gry'Had ? Eh oh ! Répondez !

—Qui recherchez-vous madame ? demanda une jeune femme sortie du vaisseau.

—Sans doute ces malheureux, ricana la seconde personne qui venait de sortir du vaisseau.

—En effet ! Vous avez tué ces deux personnes…

—N'en faisons pas un drame. Etaient-elles fréquentables ?

—Pas vraiment…. Mais cela ne … commença la reine Ivoriaah

—Je ne vous permets pas ! la coupa le capitaine Hikensha en se relevant.

Voyant cela arriver, les deux nouveaux arrivants s'écartèrent. Ils échangèrent un regard puis la jeune prit la parole.

—Ben voilà ! il n'est pas mort tout va bien donc !

—En effet, bon allez, montez. Je vous sors de là. Proposa Riz'yère.

—Avec grand plaisir ! la reine Ivoriaah saura vous remercier pour votre assistance.

—Qui ça ? demanda Riz'Cola.

La recrue du C.R.A.D.E faisait pitié à son collègue et c'est pour ça qu'il la fit monter en premier dans le VMR. Il aida ensuite la reine et invita le capitaine Hikensha à monter. Celui-ci fit mine d'être docile et suivit sans broncher mais sa

main s'arrêta sur son arme de poing l'espace d'une seconde avant de repartir.
—Décollage ! attachez bien vos ceintures ! ordonna Riz'yère en ricanant.
—J'ai dû m'assoir sur la ceinture. Répondit la reine Ivoriaah.
—Ne vous en faites pas madame, il n'y a pas de ceintures.

Ces mots sortirent de la bouche de Riz'Cola non sans une once de colère. Le regard qu'elle lança à son collègue révéla son profond désaccord avec sa plaisanterie. Elle se reprit et se risqua à poser une question.
—Où allons-nous ?
—Nous devrions nous rendre comme prévu sur Téthysia.

La réponse de l'individu sembla glacer le sang du capitaine Hikensha. Il se demandait s'il n'allait pas être arrêté.
—Tout le monde est d'accord ? Demanda Riz'yère
—Non ! Je refuse, déposez-moi sur la planète Cara'ybes, répondit Hikensha sur un ton très directif.
—Soit. Nous vous y déposerons.

*Vaisseau des pirates * espace interstellaire*

    Nikola était en pleine réflexion, le voyage dans l'hyperespace se prêtait bien à l'exercice. Je l'observais tandis que les autres étaient tous partis et s'étaient éparpillés à explorer le vaisseau des pirates. D'un coup il se tourna vers moi.

—Tu sais ce que je devrais faire ?
—Non. Aucune idée.
—L'alarme du monastère indique que quelqu'un est entré et a dérobé quelque chose.
—Et ?
—C'est un objet précieux, dit Nikola sur un ton grave.
—C'est un bijou ? demandai-je.
—Non.
—C'est de l'orbitine cristallisée ?
—Non plus. C'est un livre. L'alarme ne se déclenche en fait que pour ce livre précis.
—Il y en a un autre non ?

    Je regrettais rapidement ma question car Nikola affichait une tête d'enterrement. Même pour un humain de son âge c'était surprenant.

—Il n'y en a qu'un exemplaire.
—Comment en es-tu sûr ?
—Je l'ai écrit.
—Dans ce cas, tu pourras le réécrire non ?
—Impossible. Je ne me souviens pas de ce que j'y ai écrit.
—Comment est-ce possible ? demandai-je surpris.
—Eh bien en fait … commença-t-il.

Le vaisseau pirate sortit de lui-même de l'hyperespace. Les détecteurs indiquèrent que l'on venait d'arriver en orbite autour de la planète Téthysia. Les autres arrivèrent rapidement sur le pont pour contempler la légendaire planète bleue.
—Vous avez vu ça Maitre ? C'est beau ! s'émerveillait Yanh.
—Oui, c'est ici que sont apparus les Ecreviciens, répondit-elle.
—En effet, c'est mon monde. Intervint alors Astakoï. Je vous remercie de m'y déposer chers camarades. Je vais m'assurer que vous ne subissiez pas trop de … commença-t-il avant d'être interrompu.
Une voix robotique se fit entendre dans les haut-parleurs du vaisseau.
—Veuillez vous rendre, pirates.
Nikola entreprit d'ouvrir un canal de communication avec la surface mais une nouvelle fois la voix se fit entendre, mettant fin à tout espoir de discussion.
—Nous avons bloqué toutes les communications entrantes, vous ne pourrez pas télécharger de virus sur nos installations.
Tout le monde grogna en direction d'Astakoï qui se sentit accusé d'un acte dont il n'était pas responsable. Il ouvrit alors la bouche pour protester.
—Je n'y suis pour rien, c'est le protocole !
—Mais quel protocole ? Nous sommes venus en paix … grogna Nikola

—Nous sommes venus en paix, involontairement et dans un vaisseau de pirates de l'espace. Fit remarquer Astakoï.

*Mont Chacré * planète Lanh-Yakéa*

—N'est-elle pas de belle taille cette empreinte ? demanda Riz'Otton
—Si. Mais …
—Mais quel chat a bien pu la laisser ici c'est ça ?
—Oui.
—Je n'en ai qu'une vague idée. Les légendes de nombreux peuples font référence à un dieu du nom d'Esdrael. De ce que j'ai pu découvrir, dans la langue originelle Esdrael signifie chat.
—Quelle langue ?
—Elle ne porte pas de nom, c'est la première langue parlée partout dans l'univers et qui est à la base de toutes les autres.
—Comment l'avez-vous découverte ? demanda Riz'Ollè.
—J'ai passé de nombreuses années à étudier les langues galactiques à l'université vous savez, et puis un jour j'ai rencontré un grand spécialiste.
—Vous souvenez-vous de son nom ? demanda Riz'Ollè

*Il y a plusieurs années * Université du C.R.A.D.E*

Un humain d'âge assez avancé trônait au centre de l'amphithéâtre. C'était le professeur Taiss'Lah. Un brillant scientifique de la planète Lanh-Yakéa. Il venait à l'Université du C.R.A.D.E une fois par semaine donner un cours de langue et culture ancestrale.

La leçon portait cette fois là sur la légende du dieu-chat. Le professeur Taiss'Lah mit en œuvre de la raconter.

« Il était une fois, loin dans le temps et loin dans l'espace, vivait un dieu-chat. Toute chose était issue de sa volonté. Un jour alors qu'il s'ennuyait il remarqua que son énergie diminuait. Alors il créa le conflit. Il inséra dans tous les êtres vivants une âme connectée à lui. »

Un premier étudiant l'interrompit au milieu de son récit sans aucun respect.

—Monsieur ? Pouvez-vous expliquer ce que vous appelez une âme ?

—Bien sûr. Selon certaines croyances très répandues, il existe au sein de chaque être vivant une énergie vitale. C'est cela une âme.

—Merci de cette explication Monsieur.

—Je reprends maintenant. N'hésitez pas à m'interrompre mais attendez que je finisse mes phrases ! indiqua le professeur.

« Chaque âme ainsi connectée au dieu-chat, lui procurerait de l'énergie en permanence, préservant ainsi ses pouvoirs ».

Un autre étudiant vint interrompre le professeur. Cette fois le professeur grogna.
—De quel genre de pouvoir vous parlez ?
—J'y viens. Répondit sèchement le professeur.
« Parmi ses pouvoirs, le changement de forme physique, le contrôle de la réalité par la pensée, le déplacement par la téléportation... »
Une nouvelle interruption survint, cette fois le professeur sortit de ses gonds.
—La téléportation ? C'est possible sans machine ça ?
—Laissez-moi terminer ! je prendrais les questions après !
« Les âmes ne produisaient pas assez d'énergie, alors qu'il se demandait comment procéder il eut une idée : créer le conflit. »
Une voix s'éleva de la masse d'étudiants. Le professeur comprit qu'il ne pourrait pas terminer tranquillement.
—Vous dites donc qu'il a tout crée et qu'il est responsable du conflit dans l'univers ?
—C'est ce que j'ai dit. Répondit-il avant de reprendre.
« Le conflit crée, le dieu-chat commença à voir son Energie croître de nouveau. La joie l'envahissait, il aimait beaucoup observer les conflits. Il se mit alors à créer frénétiquement de nouvelles créatures et de nouveaux pièges tous plus sadiques les uns que les autres pour engendrer de plus en plus de conflits. »
Un étudiant se leva et hurla sans vraiment attendre de savoir si la phrase était terminée.

—Monsieur ! vous n'avez pas le droit de dire ça comme ça !
—Ah bon et pourquoi ? demanda Nikola.
—Mais enfin ! c'est impossible ! aucune créature ne pourrait avoir une telle soif de conflit !
—Justement ... Quel est ton nom ?
—Je suis l'apprenti Riz'Golo.
—Alors apprends bien mon jeune ami, que si ce n'est pas rigolo, c'est que c'est la vérité. Retourne donc vivre dans ton monde bercé d'illusions où aucun conflit n'a sa place.

Le jeune étudiant grogna mais se calma, tendit de nouveau les oreilles et fit mine d'écouter la suite. Le professeur sentit bien qu'il y avait peut-être été un peu fort mais cela ne l'empêcha pas de continuer.

« Maintenant, voici une légende annexe, très souvent ignorée mais qui est liée à cette histoire. Il existait, avec le dieu-chat une autre entité. Une entité que l'on pourrait comparer à un dieu. Elle observait le dieu-chat et passait son temps à tenter de défaire ce qu'il faisait. A inverser ce qu'il changea et quand il créa les âmes, elle ne parvint pas à empêcher la création du conflit. »

Le professeur marqua une pause, comme persuadé que quelqu'un allait encore l'interrompre mais il n'en fut rien. Il put donc poursuivre.

« Cette entité était un être complètement à l'opposé du dieu-chat. Son seul nom est Luz. Elle laisse une tablette indiquant comment rendre celui-ci plus gentil. Et le déconnecter du conflit. »

Le répit du professeur fut bref mais il l'apprécia, une question fusa.

—Personne ne l'a fait ?
—Non.
—Pourquoi monsieur ?
—Il faudrait, que vous me laissiez finir. Ainsi vous comprendrez. Répondit le professeur juste avant de reprendre son cours.

« La tablette raconte les aventures d'un grand voyageur, un être divin né de l'union de Luz et du dieu-chat. Ce dernier ne s'en souvenant pas grâce au pouvoir d'amnésie de Luz… »

*Mont Chacré * planète Lanh-Yakéa*

—Je ne me rappelle pas bien de son nom.
—Allez concentre toi ! ça pourrait être important !
—Je … Non c'est impossible … !
—Quoi ? Qu'est-ce qui est impossible ?
—Si c'est vraiment ce que je pense alors …
—Alors quoi ?
—Il faut en parler au chef.

Encore sous le choc, Riz'Otton activa le communicateur et bientôt la voix de Riz'Golo résonnait.

—Qu'y a-t-il agent Riz'Otton ?
—Excusez-moi de vous déranger, pouvez-vous m'indiquer le nom de votre professeur à l'université ? celui qui vous a inspiré pour devenir notre chef ?
—Non là de mémoire je ne me souviens pas de ce détail, mais si vous voulez je peux vous recontacter après avoir fouillé les archives.

—Très bien. Je vous remercie de votre temps. Le remercia Riz'Otton.

Riz'Ollè regardait son collègue comme déçu. Puis, une idée lui traversa l'esprit. Quelque chose était anormal.

—Le communicateur ! comment a-t-il fonctionné ? demanda Riz'Ollè

—Je l'ai allumé …

Le regard de Riz'Otton trahit qu'il venait de comprendre à son tour. La perturbation électromagnétique avait cessé. Alors qu'ils allaient reculer par prudence, une lumière bleue les captura et les transporta. Ils étaient désormais dans un endroit sombre, très sombre.

Chapitre IX
*VMR * En orbite autour de Cara'ybe*

Le capitaine Hikensha s'avança vers le sas, il se tourna une dernière fois vers ses sauveurs.
—Vous savez, j'oublierai tout de ce sauvetage. Et je ne saurai vous épargner si je vous croise à l'avenir !
—Je me doutais que vous diriez-cela. Répondit Riz'Cola indifférente.
—Comment avez-vous convaincu les autres de venir me récupérer au fait ? demanda Hikensha en s'avançant pour ouvrir la porte.
—Je ne l'ai pas fait ! répondit Riz'yère.
—Comment ça vous ne l'avez ... entama Hikensha avant d'être aspiré dans le vide.

La jeune recrue du C.R.A.D.E était ravie de l'effet de sa petite plaisanterie. Elle regarda son collègue et lui lança une réplique qu'elle garderait en mémoire très longtemps.
—Voilà ce que c'est une bonne plaisanterie !

Tandis qu'elle finissait sa phrase, un vaisseau cargo pirate récupérait le capitaine grâce à un rayon tracteur.
—Vous n'étiez pas obligée vous savez ... intervint la reine Ivoriaah.
—Oh si ! c'est un type immonde. Il le méritait largement. Répondit Riz'Cola.

Le débat fut interrompu par une communication venant du chef du C.R.A.D.E.
—Où étiez-vous ? nos détecteurs ne vous suivaient plus. Hurla Riz'Golo dans son micro.

—C'est une longue histoire à propos de créature géante dévoreuse de vaisseaux...
—Et de mondes ! la coupa la Reine Ivoriaah comme si elle y avait été invitée.
—Qui est avec vous ? demanda Riz'Golo.
—Une reine que l'on a trouvé dans le ventre de la bête monsieur. Répondit Riz'yère.
—Déposez là sur le prochain monde où vous allez, la planète est habitable et habitée.
—Nous allons sur une planète ? demanda Riz'Cola
—Oui ! vous allez retrouver les Agents Riz'Otton et Riz'Ollè. Leurs localisateurs se sont mis à dysfonctionner aussi ... Allez voir ce qu'il en est, je vous ai transmis leur dernière position connue, j'attends de vous ... Que ? Que faites-vous là ?

La communication fut interrompue de l'autre côté. Riz'Cola repéra les coordonnées sur le moniteur, elle lut à haute voix les informations.
—Planète Lanh-Yakéa, sur le mont chacré.
—Quoi ? Quel est le nom de cette planète ? Demanda la Reine Ivoriaah en émettant une petite flamme de surprise par sa trompe.
—Vous pouvez souffler du feu ? demanda Riz'Cola surprise.
—C'est dingue ! j'allais poser la même question ?
—Oui. Mais on ne le fait pas très souvent. Répondit naturellement la reine Ivoriaah.
—Faisons abstraction de ce fait intéressant et revenons à nos moutons : nous allons sur Lanh-Yakéa.

La reine se souvenait de ce nom, c'était celui du monde d'origine de la personne avec qui elle s'était trouvée prisonnière chez les Langoustiens.

Les deux agents la fixaient, c'est Riz'Cola qui intervint.
—Vous connaissez cet endroit ?
—Juste de nom, j'ai rencontré quelqu'un qui vient de là-bas.

*Peu après l'aube des temps * planète Lanh-Yakéa * dans une dimension supérieure*

Je me sentais seul, je m'amusais depuis déjà bien longtemps. Je sentis quelque chose approcher. Je ne connaissais rien d'autre dans cette dimension. Une voix sortit du vide.
—Bonjour Esdrael ça va ?
—Oui, mais toi ? Qui es-tu ? demandai-je
—Je suis Luz, tu me connais déjà.
—Tu es sûre ?

Ce nom ne me disait rien du tout, où alors étais-ce son nom qui m'avait inspiré celui de la lumière ? Cette question devrait voir une réponse un jour.
—J'en suis sûre oui.
—Comment se fait-il que je ne me rappelle pas de toi ?
—Je te l'explique à chaque fois, et chaque fois tu oublies.

Je senti son énergie rentrer en contact avec la mienne, puis quelque chose d'anormal : une troisième énergie apparut. Il me fallut quelques instants pour comprendre.
—Merci Esdrael.

—Que se passe-t-il ? pourquoi avoir créé cet être à partir de nos deux énergies ?

—Je suis en quête de perfection, et j'ai commis une grave erreur.

—Une erreur ? De quoi parle-tu enfin ? demandai-je.

—J'ai voulu m'essayer à la création.

Je la sentais partir. Elle me murmura une dernière parole.

—Je m'en vais, je vais réparer mon erreur, toi veille sur notre fils, je l'installe sur ce monde, il prendra l'apparence d'un humain et les guidera.

—Quoi ?

J'observais cette petite planète, Lanh-Yakéa. Une montagne cachait un monastère qui trônait fièrement sur son flanc. Je ne pus pas m'empêcher d'appuyer sur la montagne et d'y laisser une empreinte. J'avais la sensation d'avoir oublié quelque chose d'important… Mais je ne pouvais rien y faire…

*Vaisseau des pirates * espace interstellaire*

Tout le monde semblait terrorisé par la pertinence de la remarque d'Astakoï. Nikola désactiva le bouclier Tout le monde, sauf moi. J'appréciai ce moment à sa juste valeur. Bientôt des gardes Ecreviciens se présentèrent devant nous, armés jusqu'aux dents, en tout cas s'ils en avaient eu.

—Rendez-vous ! je suis le lieutenant Rynssedoua.
—Nous vous avons laissés entrer. Et nous ne sommes pas vos ennemis. Commença Nikola.

Le lieutenant Rynssedoua lui envoya sa pince droite dans la figure. Je me délectais de ce spectacle violent à souhait. L'aura de Nikola s'amplifia pendant une seconde après le coup. Nikola ouvrit de nouveau la bouche.

—Je vous déconseille de vous en prendre à nous de la sorte.
—Ah bon et pourquoi le vieux ? ricana Rynssedoua.
—Parce que mon chat n'en est pas un, c'est un Kir'Pikoo.

La surprise pouvait se lire dans les yeux du lieutenant, le capitaine Astakoï le fixa et ajouta de sa voix la plus grave possible.

—Et ce n'est pas un gentil, il a décimé l'équipage du vaisseau que nous utilisons.

La surprise avait laissé sa place à la terreur, le lieutenant savait de réputation ce que pouvait faire un Kir'pikoo. Il n'avait cependant jamais entendu parler de métamorphose.

—Déclinez votre identité citoyen Ecrevicien. Ordonna le lieutenant en tentant de rester aimable pour ne pas énerver le Kir'Pikoo.
—Je suis le capitaine Astakoï.

L'information eut l'effet d'une bombe. Le lieutenant baissa immédiatement son arme et s'allongea sur le sol devant le capitaine.
—O pardonnez-nous commandant Astakoï. Je ne vous avais pas reconnu.
—Relevez-vous enfin. Pourquoi êtes-vous par terre ? demanda le capitaine.
—Commandant, nous vous devons la survie de notre monde ! Vous avez débarrassé Téthysia du Kir'pikoo qui a tué le roi !
—En effet, mais cela ne justifie en rien votre comportement, dites m'en plus sur ce qui s'est passé après mon départ.

Nikola, le maitre Blue, Yanh et moi nous isolâmes pour discuter des récents évènements.
—C'est étrange, le colonel Delapynsse n'avait-il pas dit qu'il était un régicide ? demanda le maitre Blue.
—Il me semble bien que si. Répondis-je.
—Je suis bien d'accord. Intervint Nikola. Ecoutez, de toute façon il faut qu'on se rende au monastère.
—Que se passe-t-il Nikola ? demanda Blue.
—Le miaulement de l'apocalypse a été dérobé. Ils sont probablement déjà sur la piste de la relique. Annonça Nikola sur un ton grave.

Toutes ces nouvelles choses me paraissaient bizarre. Rien que l'idée qu'il existe quelque chose de tel sans que je le sache était perturbant. La relique ? Le miaulement de l'apocalypse ? Tout cela était mystérieux, rien que pour cela, je me sentais obligé de suivre Nikola et d'aller enquêter sur ces choses. L'ignorance pour ces créatures était normale, mais pour moi leur dieu ce n'était pas tolérable. Mes pensées furent stoppées net quand Astakoï revint vers nous.

—Désirez-vous un vaisseau ? demanda le capitaine.

—Nous en avons déjà un. Répondit Nikola.

—Les mécaniciens vont vous le réparer, il n'a pas l'air en état convenable. Ecoutez, mes troupes viennent de m'annoncer qu'après la mort du roi ils ont voté à l'unanimité pour me nommer roi à sa place. J'ai apparemment sauvé tout mon peuple et ils m'en sont reconnaissant. Désormais ce sera, sa majesté Astakoï.

—Cela n'explique pas votre proposition fort généreuse. Continua Nikola.

—Vous m'avez ramené chez moi, et le colonel Delapynsse s'est sacrifié, me permettant ainsi de rentrer. Je dois donc à nos peuples de vous aider.

—C'est très gentil ! le coupa Yanh.

Je restai sans voix, Blue fit la même chose. Nous retournions donc là où tout avait commencé. Le monastère où j'avais rencontré le sol non pas une, mais deux fois.

—Nous prendrons celui-là ! hurla Nikola. Avez-vous la possibilité de nous envoyer une flotte de renforts armés ? Je crains que nous n'en ayons besoin.

—Aucun problème mon ami, notez juste indéfiniment que je vous ai rendu ce service, et venez m'en rendre un à votre tour quand cette aventure sera terminée.

Nikola avait désigné un magnifique croiseur spatial, totalement recouvert du plus pur alliage de titane et d'acier. Une merveille autour de laquelle étaient afférés de nombreux mécaniciens et ingénieurs Ecreviciens. Lors de la visite nous fûmes tous émerveillés par la technologie du croiseur. Les ingénieurs, en particulier un certain Al'Han Turing, nous vantaient tous les mérites du vaisseau.

—Vous savez que j'ai mis toute mon énergie dans l'ordinateur de bord interactif qui est dans ce vaisseau ? Alors prenez en soin. Ordonna le dénommé Al'Han.

—Ne vous en faites pas.

*Vaisseau des pirates de l'espace * planète Téthysia*

Le professeur Mhed émergea de son sommeil. Une bulle dorée était désormais devant lui, flottant dans l'air. Une voix magnifique en émanait, un sentiment d'amour infini également.

—Archie, je vais avoir besoin de votre aide. Fit la voix.

—Qui êtes-vous ? demanda-t-il en partie endormi.

—Je suis Luz, je suis venue ici réparer une grosse erreur.

—Quelle erreur ? de quoi parlez-vous ? demanda le professeur.
—C'est une bien longue histoire, à vous de voir si vous voulez l'entendre.
—Je veux l'entendre ! laissez-moi juste me lever s'il vous plaît.

Luz entreprit donc de raconter la grande histoire, elle prit une grande inspiration et commença...

*Planète Lanh-Yakéa * Dans une dimension supérieure*

Quelqu'un s'avançait, elle se trouvait tout proche de moi. L'inquiétude la gagnait maintenant. Bientôt cet être se libéra de la question qu'il, ou plutôt elle se posait.
—Dis-moi, où es notre fils ?
—Qui es-tu ? quel fils ? demandai-je surpris.
—Je suis Luz, mais tu me connais déjà.

Luz réalisa en cet instant son erreur, elle avait confié son fils à une personne sur le monde que martyrisais Esdrael. Elle se rappela que son aura spéciale empêchait les gens de l'imprimer dans leur mémoire, peu importe qu'ils soient divins ou non. Notre fils était parti de ce monde.
—De quel fils parle-tu ? demandai-je insistant.
—Le nôtre. Tu ne t'en rappelle pas, tu ne pourras donc pas m'aider. Sache que ceci est la dernière fois où je viens avant d'avoir retrouvé notre enfant.
—Tu délires, je le saurais si j'avais conçu un fils !

Luz s'évapora et me laissa seul de nouveau, au-dessus de ce monde si particulier : Lanh-Yakéa. Alors que je le contemplais, elle disparaissait de ma mémoire.

*Vaisseau des pirates de l'espace * planète Téthysia*

Le professeur était à l'affut, la dénommée Luz ne parlait pas encore.
—Je ne vous entends pas très chère. Lui indiqua le professeur Mhèd.
—Oh ! pardonnez-moi ! sotte que je suis.
—Je vous entends de nouveau. Vous pouvez reprendre.

A la fin de la phrase du professeur, une douce voix se fit entendre. Elle commençait à raconter, non sans lui dire une dernière chose.
—Prenez des notes, sinon vous ne vous souviendrez de rien du tout.

« A l'aube des temps, nous étions deux. D'abord Esdrael puis moi. Ou bien l'inverse, je ne saurais dire. Nous avons longtemps erré seuls dans une dimension supérieure. Il n'était pas capable de me garder dans sa mémoire. Quand il créa les premiers êtres il s'avéra qu'il n'en existait aucun qui en soit capable. J'avais un problème. Je commençais à me sentir seule et je ne parvenais pas à créer de vie par moi-même. Alors je me suis isolée en contemplation de l'univers crée par Esdrael. La vie qu'il y faisait naitre et qu'il y

martyrisait foisonnait. Quelque chose lui permettait de proliférer, de croitre à l'infini sans jamais perdre de vigueur. Après quelques milliards d'années d'observations, j'ai compris. La reproduction. Je devais trouver un partenaire pour me reproduire et donner ainsi naissance à un être partageant mon essence qui pourrait me fixer dans ses souvenirs. »

Le professeur Mhed l'interrompit brusquement.
—Vous avez donc un fils ?
—Attendez !
—J'aimerai bien mais vous commencez par une erreur, et ensuite un fils. Où est le lien ?
—Vous verrez, écoutez s'il vous plait. Je n'ai que peu de temps avant qu'il n'arrive.

« Je revint vers Esdrael, il ne me captait toujours pas et cela me perturbait de plus en plus. La solitude malgré sa présence était un fardeau si grand... Je ne restais pas avec lui. Le laissant devenir fou et engendrer malheur et conflits sur un univers tout jeune. Je m'exilais loin de lui, de ses actes. Riche de tout ce que j'avais vu et appris au contact de son œuvre je me mit en tête de faire mieux. Il me fallut du temps mais j'ai finalement réussi à créer la vie, une vie en fait. »

Le professeur écoutait et notait chaque mot frénétiquement sur un carnet qu'il avait sorti de sa poche, songeant qu'un dictaphone serait bien plus pratique pour partager avec les autres le moment venu.

« Cette créature était parfaite, un sublime petit poulpe. Il grandissait lentement, se nourrissant

de nuages d'hydrogène ou d'hélium. Les millions d'années passèrent, il continuait de grandir, bientôt il ne se nourrissait plus que nuages de gaz mais de comètes et de météores. Le temps continua ainsi de s'écouler, quand il commença à se nourrir de planètes et qu'il risqua d'attirer l'attention d'Esdrael je le nourrit de ma propre énergie : le divinium. Il devenait de plus en plus gourmand et je ne pouvais plus continuer à le nourrir ainsi. Je devais lui donner une source plus riche. La seule autre source dans l'univers était Esdrael. Quand je le découvris j'entreprit de tuer la créature. A chacune de mes tentatives j'ajoutais un nouvel échec sur ma liste. J'ai même créé les trous noirs dans l'espoir de la piéger mais elle était encore trop forte. »

Luz s'interrompit une seconde comme pour anticiper une question du professeur, celle-ci ne tarda pas.

—Vous ne parlez toujours pas de votre fils … je commence à entrevoir votre erreur mais pas de fils…

—Vous verrez, tout deviendra clair.

« Je l'ai alors piégée d'une façon cruelle, j'ai modifié le cours du temps pour qu'elle soit éternellement coincée dans une bulle spéciale, dans un coin reculé de l'Univers où personne ne viendrait jamais. Mais un jour, quelqu'un est venu. Quelqu'un que je n'avais encore jamais vu. Il ne se présenta pas à moi et j'ignore toujours son nom. Il resta là à observer longuement ma créature. Il lui donna son énergie. »

—Il est resté là à l'observer ?

—Oui. Du moins pendant un temps.

—Il a fini par la libérer c'est ça ? demanda le professeur.

—Oui. Mais ce ne fut pas immédiat. Entre temps, je me suis demandé que faire pour éviter tout incident.

—Et ?

—Laissez-moi finir !

« Je retournais donc voir Esdrael, confiante de la bulle temporelle que j'avais édifiée pour contenir ma créature. Finalement quand je l'ai retrouvé, il continuait son œuvre. Un peu esseulé mais poursuivant dans la même direction. Je me suis servi de son énergie pour en créer une troisième. Un fils »

—Finalement !

—Oui, je sais ce fut long, mais attendez un peu vous allez comprendre l'importance de ce fils.

« Alors qu'Esdrael comprit qu'une nouvelle énergie avait émergé, il m'a demandé ce que j'avais fait. J'ai senti à ce moment précis que ma créature était libre, sans le savoir vraiment j'en avais la conviction. Je lui expliquais donc que j'avais fait une erreur, et pour m'assurer de ne pas perdre notre fils je lui ai demandé de veiller sur lui tout en l'incarnant sur Lanh-Yakéa. Il est depuis devenu un éminant professeur, il porte le doux nom de Nikola. »

Le dialogue se poursuivait, le professeur n'en pouvait plus de noter, ses pinces ne permettaient pas une graphie impeccable et rapide comme il aurait été nécessaire. Luz n'en tenait pas compte et continuait.

« Ce fils avait un don, il dégageait une aura particulière, je n'avais jamais senti cela. Une aura de divinium, la plus pure de l'univers. Il en était devenu une source intarissable et il avait en lui le potentiel de détruire ma créature, mon échec. Je le laissais donc sur Lanh-Yakéa où il fut élevé par une personne douce et aimante. Son nom était simple comme elle : Annie. J'intervint quelques fois pour guider cette Annie, toujours en prenant soin de ne pas être repéré par Nikola. Puis un jour, il m'aperçut. Comme je le pensais, il ne m'oublia pas, il me chercha allant jusqu'à voyager dans la galaxie et de devenir ainsi le plus grand voyageur de tous les temps. Il a étudié tout ce qui pouvait l'être et finalement il s'est intéressé à son histoire. Il a travaillé sur la création du monde et y a découvert une patte. »

Ces paroles firent tiquer le professeur Mhed. Comment le nom de cet enfant et son monde pouvaient-ils être précisément celui du professeur humain qui les accompagnait depuis peu ? La coïncidence le marqua.

—Nikola, est-il toujours en vie aujourd'hui ?
—Oui. Il est sur ce monde.

Il n'en fallut pas plus au professeur Mhed pour conclure : l'humain avait la clé pour détruire Hab'zazzel. Il note cela en gros sur son carnet et continua d'écouter Luz qui s'était arrêtée en lui laissant le temps de comprendre.

« Il a fini au détour d'un chemin dans l'espace, par rencontrer un brillant savant du nom de Léonard. Il se sont rendus ensemble à Lanh-Yakéa et ont travaillé au sein du monastère jusqu'au jour où il

y a eu un accident et qu'Annie a perdu la vie. Nikola arrêta net ses travaux et congédia Léonard, ils ne se recroisèrent pas. Ils avaient passé une longue décennie à concevoir des objets, des artéfacts à partir de l'énergie que Nikola avait appris à maitriser. Il les forgea en divinium et son aura leur conféra un pouvoir immense. Il les dispersa dans la galaxie et nota leurs propriétés dans un livre qui n'existe qu'en un exemplaire et qu'il écrivit en se promettant d'en oublier le contenu. »

La lumière que Luz émettait dans le compartiment du vaisseau diminuait, elle semblait inquiète. Le professeur lui demanda ce qui n'allait pas.

—Ne vous en faites pas professeur Mhed. Je n'ai juste plus le temps, la créature approche, allez chercher mon fils et retrouvez les artéfacts ! au moins la montre !

—Quelle montre ? de quoi parlez-vous ? la créature approche ? Que veut-elle ?

Luz disparut, le professeur avait prit le soin de noter l'avertissement et la requête. Il fallait qu'ils retrouvent une montre. Quand il relut ses notes dans le carnet son sang ne fit qu'un tour et il se précipita au dehors pour retrouver les autres.

Chapitre X

*Spatioport * planète Téthysia*

Quand le professeur Mhed sortit du vaisseau des pirates et qu'il en découvrit les dégâts, j'étais en face de lui. Je le regardais et sentis quelque chose de différent. Il dégageait une sorte d'énergie qu'il me semblait connaitre.
—Esdrael ?
—Oui professeur ?
—Pourriez-vous lire ceci s'il vous plait ?
—Je pourrais mais …
—Faites-le !
Je n'aimais pas ce ton directif, cette créature osait me donner des ordres ? Il faudrait calmer ses ardeurs prochainement. Cela ne pouvait pas être ainsi trop longtemps. Mes nerfs de chat ne le supporteraient pas. Me voila à nouveau à penser comme un chat, décidément…
—De quoi agit-il ? demandai-je
—Je ne sais pas, on dirait une sorte de transcription d'une conversation, mais je ne me souviens pas d'avoir eu cette conversation.
—Comment est-ce possible ? vous êtes vraiment bête vous alors ! ricanais-je.
—Je suis sérieux, lisez !
Tandis que je commençais la lecture de ces notes griffonnées à l'aide d'une pince assurément maladroite et pressée, les autres nous rejoignirent.
—Vous lisez Esdrael ? Demanda Nikola.

Je ne pris pas la peine de lui répondre. Je venais de comprendre sa nature. J'étais sous le choc, je ne me souvenais de rien à propos d'un fils, ni de cette chose qui se nomme Luz. C'était tout nouveau pour moi.
—Vous ne vous souvenez de rien père ? me demanda Nikola.
—Père ? de quoi parlez-vous ? l'interrogea Blue.
—Quoi ? s'étonna Yanh

Les autres restèrent sans voix. Une révélation du poids d'une bombe venait d'être faite : j'étais le père de Nikola. J'étais au moins aussi retourné qu'eux. Je me souvenais en revanche de toutes les choses horribles que j'avais créés et envoyées dans l'Univers. Une immense culpabilité me gagnait. J'avais fait souffrir mon enfant, cette Luz m'en voulait et avait désiré ardemment copier mon œuvre, me surpasser. Ce faisant elle avait créé Hab'Zazzel et quelqu'un l'avait libéré.
—Maitre Blue, je vous présente mon père. Dit Nikola en me désignant du doigt.
—Comment est-ce possible ?
—C'est une longue histoire…
—Racontez-nous monsieur Nikola ! supplia Yanh.
—Je vous promets qu'un jour je vous raconterai. Mais cela devra attendre. En effet c'est une vraiment, très longue histoire. Elle implique mon prédécesseur, Annie.
—Je n'ai jamais entendu son nom, que lui est-il arrivé ? l'interrogea Blue.
—C'est également une longue histoire. Ça date de l'époque de mes voyages. Lui indiqua Nikola.

Le professeur Mhed, Astakoï, Yanh et moi-même étions encore sous le choc. Cette nouvelle avait des implications incroyables, surtout pour moi. Il existait un autre être divin. Nikola était notre progéniture. Nikola était un être divin au même titre que moi. Nikola prit à nouveau la parole pour redresser la conversation.

—Ecoutez ! remettez-vous tous ! Je suis toujours le même ! et quelqu'un est sur Lanh-Yakéa à la recherche de mes artéfacts. Nous devons aller les récupérer avant ces intrus ! beugla-t-il.

Je n'en revenais pas, il existait plusieurs artéfacts ? la montre n'était donc qu'une petite partie des choses qui m'étaient cachées. Nikola donna le signal du départ.

—Montons tous dans le vaisseau, nous allons immédiatement sur Lanh-Yakéa. Ils sont déjà là-bas à s'approprier mes artéfacts.

—Que souhaitez-vous faire de ces objets ? Demanda le professeur Mhed.

—Je compte arrêter la créature avec leur aide. Mais je dois me procurer la montre.

—Elle a ce pouvoir cette montre ? demandai-je.

—Non. Mais elle me conduira à un autre qui lui, en aura le pouvoir.

Blue se remémora son travail sur le livre « le miaulement de l'apocalypse ». Elle avait lu quelque chose sur une boite capable de contenir tout et n'importe quoi. Il était évident que ce serait de cette boite qu'émergerait la solution à Hab'zazzel.

—La boite n'est-ce pas ? demanda-t-elle sortant de ses pensées.

—En effet, je vois que tu as bien travaillé. La félicita Nikola.
—Vous m'avez donc menti … le réprimanda-t-elle.
—Oui. Mais c'est pour la bonne cause, ces objets sont excessivement dangereux.

La conversation s'arrêta net quand Nikola se téléporta a bord du vaisseau neuf qui leur avait été alloué.

*VMR * En orbite autour de Lanh-Yakéa*

Le VMR resta quelques temps en orbite basse, Riz'Cola et Riz'yère se regardaient et songeaient tous les deux à la même chose : que faire de la reine. Le protocole du C.R.A.D.E lui interdisait l'accès au terrain d'opérations.
—Majesté, désirez-vous être déposée sur votre monde ? demanda Riz'Cola
—Vous êtes drôle ma chère, je ne peux pas y retourner, mon monde n'existe plus.

Une larme venait aux yeux de la reine Elfantoh. La tristesse montait en elle, Riz'Cola comprit qu'elle n'aurait peut-être pas dû proposer. Les deux agents du C.R.A.D.E se demandaient bien comment une planète pouvait disparaître.
—Que s'est-il passé ? demanda Riz'yère.
—On a pris ma place, un prétendu dieu. Répondit la reine en sanglotant.
—Comment ça ? un dieu ? s'étonna Riz'yère.

Les deux agents échangèrent un nouveau regard lourd de sens, la reine avait quelque chose d'intéressant à raconter. Le protocole les forçait à la garder prisonnière pour plus d'informations.

—Nous pourrons reparler de cela à notre retour, restez ici à l'abri. Nous allons descendre porter assistance à nos collègues. Pouvez-vous surveiller le vaisseau et les scanners ? la pria Riz'yère.

—Bien entendu, si vous m'expliquez un peu leur fonctionnement je vous rendrai ce service avec joie.

—Le C.R.A.D.E vous remercie très chère. Lui indiqua Riz'Cola.

La reine ne dit rien, elle restait attentive à la leçon que lui prodiguait Riz'yère. Les technologies du VMR étaient faciles d'utilisation et bientôt elle devint presque experte.

—Ça ira ? demanda Riz'yère à l'issue de la formation expresse.

—Oui. Allez sauver vos collègues je reste en contact avec vous et vous tiendrai informés si quelque chose se passe. Répondit la reine.

Ne prenant pas la peine de poursuivre, les deux agents se téléportèrent à la surface, aux coordonnées où leurs collègues étaient lors du dernier contact avec le quartier général.

Endroit inconnu

—C'est tout noir ici ! hurla Riz'Otton.
—Oui, tu n'as pas une lampe ?
—Si, mais je n'ai pas rechargé sa batterie à plasma. Elle est vide …

—Et la mienne n'est pas là. Je l'ai laissée dans le vaisseau.
—Nous voilà dans de beaux draps... souffla Riz'Otton.

Il y avait du bruit, quelque chose bougeait dans le noir. Les deux agents posèrent leurs mains à leur ceinture comme pour se saisir d'une arme. La réalité leur revint : ils n'en emportaient jamais. Le C.R.A.D.E n'en fournissait qu'aux agents d'élite.
—Il faudra demander une révision du code des armes. Ironisa Riz'Otton.
—Je pense que l'on pourra exiger cela si on sort de cet endroit. Comment sommes-nous arrivés ici ?

Le doute n'était plus permis, des choses bougeaient dans le dos des deux agents du C.R.A.D.E. Des murmures sortirent de l'obscurité.
—Qui va là ?

Riz'Otton serra le bras de son collègue en murmurant à son tour quelque chose.
—Ne dis rien surtout. Chuchota Riz'Otton.
—Qui ça moi ? demanda la voix inconnue juste derrière l'oreille du pauvre agent.

Le sang de Riz'Otton ne fit qu'un tour, la terreur le gagnait. Il regrettait d'avoir ouvert la bouche. Il se reprit quand il sentit le bras de son collègue toujours dans sa main et ouvrit la bouche.
—Déclinez votre identité. Nous sommes des agents du C.R.A.D.E et nos renforts ne tarderons pas.
—Bonjour, je suis Taur'Ytail, le gardien de la montre du grand voyageur.

—Vous voyez dans le noir ? demanda Riz'Ollè qui regretta instantanément sa question.
—Non pourquoi ? demanda Taur'Ytail décontenancé.
—Mais… si vous n'y voyez rien, pourquoi avoir laissé toute la pièce dans le noir ? demanda Riz'Otton.

Le gardien mit un temps avant de répondre, comme si la réflexion lui avait pris du temps. Puis sur un ton machiavélique il répondit.
—C'est pour rendre la scène plus théâtrale, il faut bien s'amuser de temps en temps non ?

*VMR * En orbite autour de Lanh-Yakéa*

La reine Ivoriaah commençait à se sentir seule devant ses écrans. Rien ne se passait et aucun signe d'autres vaisseaux. Aucune raison de communiquer avec ses nouveaux camarades. Puis soudain quelque chose survint, un signe apparut sur les moniteurs, c'était la première fois qu'elle le voyait, mais le rouge du petit triangle lui inspirait un problème.
—Monsieur Riz'Otton ? êtes-vous là ?

Aucune réponse ne lui parvint jusqu'aux oreilles. La reine recommença alors en essayant une autre question.
—Un triangle rouge est apparu ! que dois-je faire ?

Devant cette seconde absence de réponse elle resta calme une minute puis commença à appuyer frénétiquement sur tous les boutons : ils

ne l'entendaient plus. Un autre moniteur afficha un indicateur, cette fois elle le connaissait : un vaisseau venait d'arriver sur place. La joie de la reine la fit poser ses bras lourds sur un bouton proche de l'accoudoir de son siège : le VMR entreprit sa descente vers la planète, sans aucune forme de contrôle. Voyant ce spectacle, la reine hurla.
—Mais pourquoi ne pas avoir mis d'étiquettes sur ces boutons !

*Croiseur Pi-2 * poste de pilotage * en chemin vers Lanh-Yakéa*

Tout le monde avait profité du voyage pour se rendre dans ses quartiers et se reposer, tout le monde sauf moi et Nikola. Il semblait fermé et refusait de parler. C'est donc moi qui ouvris la bouche le premier.
—Tu es vraiment mon fils alors ?

Nikola n'ouvrit pas la bouche, pas même pour prendre une inspiration. Je ne savais pas quoi faire. Je restai là à le fixer puis osais une seconde question.
—Que sais-tu de ta mère ?

Mon enfant ne voulait toujours pas communiquer. C'était mon enfant unique et il n'acceptait pas de me parler, j'aurai adoré ce spectacle pour un autre père. Pour moi en revanche cela ne m'apportait rien. Enfin, rien à part ce drôle de sentiment qui montait en moi, faisait trembler mes pattes et tomber partiellement mes oreilles. Des larmes s'approchaient de mes yeux, puis ce fut la libération.

—Tout ce qu'elle-même m'a dit. J'ai été éduqué par une personne bien, et guidé ensuite par ma mère.

Ces bribes d'information ne me satisfaisaient qu'en partie, mais déjà il avait accepté de communiquer. Je songeai aux autres, ils étaient tranquillement installés à dormir tandis que nous étions là obligés de brancher des connexions qui auraient dû exister depuis très longtemps. C'est comme si l'on essayait en vain toutes les clés du trousseau pour finalement se rendre compte qu'on a laissé la bonne à la maison.

—Tu veux bien m'en parler un peu ? demandai-je curieux.

—Non. Tu ne mérites pas d'en savoir plus.

À entendre ces mots une idée me vint, j'avais vu souvent des parents faire cela dans mon univers. Ces paroles généraient habituellement beaucoup d'énergie conflictuelle et me régalaient par leur saveur.

—Je suis ton père, alors parle-moi !

Yanh surgit à ce moment-là, il avança et nous fixa avant d'intervenir.

—Vous devriez lui accorder quelques réponses monsieur Nikola.

—Occupe-toi de toi le mioche. Sortis-je sans réfléchir.

La surprise qui apparut sur les visages de mes deux interlocuteurs me fit réaliser : je venais de faire n'importe quoi. Je m'étais laissé emporter d'une façon digne des plus stupides créatures de mon univers. Ainsi donc j'étais devenu cette immonde chose que je contemplais chaque jour de mon existence : une créature minable. Yanh ne resta pas plus longtemps dans le poste de pilotage et s'enfuit en courant dans le couloir.

—Pourrais-tu parler correctement à cet enfant ? demanda Nikola.

—Je le peux, en effet, mais pour cela il me faut des réponses. Essayais-je de marchander.

—Ce n'est pas comme ça que tu va arriver à tes fins, pas de la même façon que tu as fait tout le reste.

Je ne comprenais pas un traitre mot de ce qu'il disait, il y avait de la colère dans sa voix, mais en même temps une lueur de tendresse. Il se forçait à être comme ça avec moi. Mais pourquoi donc ? Je suis son père après tout, il pouvait aussi simplement me traiter comme tel et me respecter.

*Croiseur Pi-2 * quartiers du maitre Blue * en chemin vers Lanh-Yakéa*

—Maitre ! Maitre ! vint pleurer Yanh à la porte de la chambre de son maitre.

—Oui Yanh qu'y a-t-il ? tu as fait un cauchemar ? demanda Blue.

—Non maitre ! c'est monsieur Nikola et Esdrael. Ils se disputent au poste de pilotage, j'ai voulu intervenir et … commença-t-il.

—Tu n'aurais pas dû, je vais aller voir ! toi retourne te coucher !

—Oui maitre.

Bien qu'il ne comprît pas la morale que tentait de lui enseigner son maitre, Yanh retourna dans sa chambre et se posa sur son lit. Il avait besoin de respirer et de penser. Toute cette histoire avait commencé parce qu'il avait secouru ce chat tombé du ciel devant le monastère. Le maitre Blue se dirigeai maintenant rapidement vers le poste de pilotage pour retrouver les deux autres.

*Croiseur Pi-2 * poste de pilotage * en chemin vers Lanh-Yakéa*

Nikola me fixait maintenant, il semblait me cacher quelque chose. Je me décidais à poser une nouvelle question.

—Pourquoi ne puis-je pas me rappeler de ta mère ?
—C'est sa nature.
—Comment ça ?
—Elle a une sorte d'aura qui l'empêche d'entrer dans les mémoires.

Je ne me souvenais pas avoir crée une telle chose, mais s'il était bien mon fils alors sa mère devait être identique à moi. Peut-être existait-il au-dessus de moi un être encore plus grand, plus puissant ? je laissais ces réflexions pour plus tard quand Blue entra dans le poste de pilotage, visiblement remontée.

—Qu'avez-vous dit à ce pauvre enfant ?
—Moi rien ! intervint Nikola comme pour se protéger d'une accusation.
—Je lui ai demandé de ne pas s'occuper de notre conversation privée.
—Ce n'était pas en ces termes ! indiqua Nikola.
—Assez ! tais-toi fils !

Blue les regardait, elle ne réagit pas. Elle devait préparer un sale coup, elle ne disait mot. Une minute passait, personne n'avait osé continuer à parler, comme si tout le monde attendait que les autres se décident à commencer. C'est cet instant que choisit le professeur Mhed pour arriver en criant.

—Hab'Zazzel est en chemin !
—Quoi ? que dites-vous ? demandai-je pris d'une soudaine panique.
—Les capteurs longue portée du vaisseau indiquent une perturbation qui s'approche, les données que j'ai jusque là indiquent que c'est lui ! nous devons nous en aller !

Le croiseur quitta l'hyperespace et bientôt tout le petit équipage était réuni dans le poste du pilotage. La planète Lanh-Yakéa, point de départ de cette aventure était devant nous. Je me souvenais avoir longtemps contemplé ce monde quand je m'ennuyais. Blue me sortit de ma rêverie.

—On se ressaisi le chat !
—Je ne suis pas ... entamais-je avant d'être coupé par la téléportation.
—Nous y sommes ! indiqua Nikola.
—Que se passe-t-il ? ... demandai-je en cœur avec Yanh et le professeur Mhed.
—Nous allons récupérer l'artefact et neutraliser la bête. Répondit Nikola sur un ton directif.

Personne ne prit la peine de lui demander où elle était. Quand à moi, je m'inquiétais bien plus de la créature qui arrivait. C'est pourquoi j'intervint dans la conversation.

—Comment neutralisons-nous la créature ? elle va venir détruire ce monde et avec lui, votre pauvre créateur. Indiquai-je.
—Bon débarras ! grogna Nikola.

Blue semblait pensive, elle m'observa puis changea de direction et regarda vers le vaisseau. Un point clair dans le ciel nocturne.

—Et si nous tendions un piège à la créature ? proposa-t-elle.
—Vous avez une idée ? demanda le professeur Mhed.
—Eh bien, si nous envoyons le chat dans le vaisseau seul, il devrait attirer la créature qui va se nourrir de son énergie, le divinium c'est bien ça professeur ?
—C'est bien possible, mais il ne sera pas volontaire.

Le professeur venait de dire tout haut ce que je pensais tout bas : hors de question de servir d'appât pour une créature qui pouvait me tuer. Je souhaitais plus que tout retrouver mon essence divine, pas mourir en sauvant des êtres inférieurs.

—C'est absolument inacceptable en effet ! complétais-je.
—Vous faites vraiment un dieu pathétique. Continua Blue.
—Je préfère être pathétique que mort. Vous conviendrez ma chère que ce soit une meilleure situation. Ricanais-je.
—Allez-y Nikola ! ordonnèrent le professeur Mhed et Blue d'une même voix.
—De quoi parlez… commençais-je avant de voir de nouveau la planète Lanh-Yakéa depuis le vaisseau.

Ils l'avaient fait. Ils avaient sacrifié leur dieu aimant, leur protecteur inconditionnel, tout ça pour gagner un peu de temps dans l'espoir de réussir à arrêter cette chose.

*Mont Chacré * planète Lanh-Yakéa*

La petite troupe, enfin débarrassée de son chat, commença à regarder l'endroit où elle se trouvait. La téléportation avait été calibrée par Nikola, il avait donc choisi ce lieu pour une bonne raison. C'est Yanh qui le premier intervint pour poser une question.

—Monsieur Nikola ? Nous sommes sur le Mont Chacré ?

—En effet, nous allons à ma cachette secrète. Située sous l'empreinte de ma mère.

—Sous quoi ? demanda Blue.

—Je suppose qu'il parle de cela... indiqua le professeur Mhed en désignant l'empreinte géante dans le sol.

Nikola jeta un œil sur le sol et répondit.

—Non, celle-là ne devrait même pas être là. A moins que…

—A moins que quoi ? demanda le professeur.

Une explosion retentit à quelques centaines de mètres. Quelqu'un avait fait exploser le sol de la montagne. Nikola accéléra le pas tout en hurlant.

— Rien ! laissez tomber ! nous allons là-bas !

*VMR * En chute libre vers la surface de Lanh-Yakéa*

La reine avait attaché sa ceinture. Elle espérait que le vaisseau avait un système pour la protéger de l'impact, elle n'avait pas pensé à prendre un parachute. Un bouton clignotait en vert sur le tableau de bord. La reine appuya dessus en prononçant ce qu'elle pensait être sa dernière phrase :
—Qui ne le ferait pas ?

L'effet fut immédiat, le parachute d'urgence s'enclencha et le VMR freina sa chute tout net. Une minute plus tard il touchait délicatement la surface de la planète. Le point indiquant le vaisseau nouveau venu ne bougeait plus, mais un second l'avait rejoint, beaucoup plus loin et beaucoup plus gros. Elle activa un système de détection plus avancé que lui avait montré Riz'yère puis hurla.
—Non ! pas toi !

*Repaire de Taur'Ytail * planète Lanh-Yakéa*

Taur'Ytail venait d'allumer la lumière. Il contemplait désormais ses invités.
—Vous êtes du C.R.A.D.E donc ?
—En effet, donnez-nous la montre du grand voyageur et nous repartons sans faire d'histoires.
—Je ne peux pas.
—Nous allons voir si vous ne pouvez pas ! hurla Riz'Otton en tentant à nouveau d'attraper une arme à sa ceinture.
Cette action fit ricaner Taur'Ytail. Il les toisait maintenant avec un regard de défiance.
—Je crois que nous avons des amis à vous là !

A peine avait-il fini sa phrase qu'une explosion retentit au-dessus des deux agents, quelqu'un avait fait exploser la surface pour entrer. Deux silhouettes descendirent le long de cordes. La première, mais aussi la plus forte des deux parla.
—Bonjour, veuillez relâcher nos agents ! c'est un ordre du C.R.A.D.E.
—Je me disais aussi, deux andouilles ne suffisent plus… soupira Taur'Ytail. Et vous dites toujours bonjour après avoir fait allègrement exploser les murs chez les gens ?
—Parlez un peu plus correctement que cela s'il vous plait. Nous ne sommes pas des billes, nous sommes des agents du … commença Riz'yère.
—Attends, peut-être que cet individu va nous expliquer pourquoi il ne peut pas. Le coupa Riz'Cola.

Riz'Otton et Riz'Ollè n'en croyaient pas leurs yeux, deux collègues avaient été envoyés par le quartier général du C.R.A.D.E pour les récupérer. Ils allaient tenter de prendre la montre et de gagner toute la reconnaissance.

—Que faites-vous là ? demanda Riz'Otton.

—Nous obéissons aux ordres, nous venons vous chercher. Répondit Riz'Cola.

—Qui va venir vous chercher vous ? demanda Taur'ytail sur un ton menaçant.

—Vous nous menacez là ? demanda Riz'Cola.

—Peut-être bien oui. Grogna Taur'ytail en sortant une montre de sa poche.

Ils la fixèrent tous, elle était splendide. D'une facture digne d'un dieu. Les quatre agents la fixaient et pensaient déjà à leur récompense quand ils la rapporteraient. Tous étaient convaincus d'avoir devant les yeux la montre du grand voyageur.

—Donnez là nous. C'est pour la bonne cause !

Une voix retentit dans le communicateur de Riz'Cola. C'était la reine ivoriaah.

—Revenez vite ! la créature ! le dévoreur de mondes est là ! hurlait la reine paniquée.

—De quoi parlez-vous ? demanda Riz'yère. On vous laisse dix minutes aux commandes et c'est l'apocalypse ?

—Sortez immédiatement ! hurla la reine.

—C'est bon on arrive … souffla Riz'Cola dans son micro. Et vous deux vous venez ? demanda-t-elle à ses deux nouveaux collègues.

—Vous n'irez nulle part avec cette montre ! hurla Taur'ytail en brandissant haut la montre.

Riz'Otton et Riz'Ollè eurent un instant de doute, ils se mirent à courir et arrachèrent la montre des mains de Taur'ytail avant de s'échapper avec les autres.

—Bande de voleurs ! rendez-moi cette montre !

—Ahah ! rêve gardien ! à la prochaine ! hurla Riz'Otton.

Taur'ytail resta donc seul dans sa cachette tandis que les quatre agents filaient avec la montre qu'ils venaient de lui arracher des mains. Un large sourire éclairait désormais son visage.

*Mont chacré * planète Lanh-Yakéa*

Nikola suivi de toute la petite troupe, marchaient dans une direction qu'il était le seul à connaître. Entre râles, respirations haletantes et grandes inspirations, ils furent bientôt arrêtés.

—Regardez ! cria Yanh en désignant quatre silhouettes à une centaine de mètres d'eux.

En face de la petite troupe, les quatre agents du C.R.A.D.E sortaient d'un large cratère dans le sol.

—Laissons-les partir. Dit Nikola.

—Je ne me rappelle pas avoir entendu quelqu'un dire que l'on comptait les arrêter. Fit remarquer le professeur Mhed.

—C'est ce que nous étions venus chercher ? demanda Blue.

Nikola ne répondit pas tout de suite. Il semblait réfléchir. Puis après une grande respiration les rassura.

—Non ne vous en faites pas, ce n'est pas la bonne. Ils vont avoir des problèmes.

—Comment pouvez-vous en être sur ? demanda Yanh.

—Je l'ai fabriquée cette montre. Avec un ami certes, mais fabriquée quand même.

La marche reprit, ils arrivèrent très vite au bord du gouffre. Un individu les regardait d'en bas, un grand sourire sur le visage. Yanh et Blue ne se souvenaient pas de l'avoir déjà vu, et le professeur Mhed n'essaya même pas de voir s'il le connaissait, les seuls humains qu'il connaissait étaient avec lui.

—Ça va aller Taury ? demanda Nikola.

—Oui ne t'en fais pas, ils sont partis ? demanda Taur'ytail d'en bas.

—Oui ! c'est bon vas-y tu peux monter ! lui cria Nikola. De toute façon nous allons mourir si nous n'agissons pas vite.

—Ah bon ? demanda Taur'ytail.

—Oui ! une créature gigantesque approche, notre appât ne tiendra pas longtemps ! expliqua Blue.

—Dans ce cas descendez plutôt ! leur conseilla Taur'ytail.

Un ascenseur apparut cent mètres devant eux et les guida jusqu'en bas. La petite troupe, à l'exception de Nikola semblait surprise par la présence d'un tel appareil.

—Ben quoi ? vous n'avez jamais pris l'ascenceur ? demanda Taur'ytail.

—A vrai dire nous sommes habitués à la téléportation. Expliqua Blue.

—Si vous avez le budget vous avez bien raison ! plaisanta Taur'ytail en leur indiquant une porte camouflée derrière un tas de pierres.

Chapitre XI

Mont Chacré * site d'atterissage du VMR * planète Lanh-Yakéa

Le VMR avait eu très chaud, dans tous les sens du terme. Sa coque était teinte en noir, comme si une combustion avait commencé, c'était presque le cas. Il était presque invisible dans la nuit.

Très rapidement, quatre nouvelles voix s'élevèrent au loin. La reine en reconnaissait seulement deux : ses camarades étaient revenus.

—Vous voilà ! ça fait un long moment que je vous attends ! cria la reine.

—De quel droit avoir posé le vaisseau ? et surtout par quel miracle ? demanda Riz'yère.

—C'est le mot ! un MIRACLE ! répondit la reine en insistant fortement sur ce dernier mot.

—Bon de toute façon, vous remontez à bord immédiatement. Ordonna Riz'Cola.

—Et puis quoi encore ? demanda la reine.

—Montez à bord. Répéta Riz'Cola d'un ton plus ferme.

Tous montèrent à bord du VMR, c'était bien étroit pour cinq personnes normales, mais la présence de la reine Elfantoh n'arrangeai en rien l'espace disponible. Elle remarqua qu'elle occupait une place considérable et intervint.

—Vous êtes bien surs de vouloir que je reste dans le vaisseau avec vous ? je peux rester sur ce monde vous savez.

—Oui, restez ne vous en faites pas, le voyage ne sera pas long. Indiqua Riz'Cola.

Le VMR décolla alors que les premières lueurs de l'aube perçaient à l'horizon, ce spectacle illumina les yeux de la reine.

—Comme c'est beau !

Un bruit sourd se fit entendre, puis une odeur envahit le cockpit. Les quatre agents échangèrent des regards lourds de sens que la reine comprit.

—Je suis désolée. Ça m'a échappé.

Se retenant de respirer trop fort, les agents activèrent le pilote automatique, direction le quartier général du C.R.A.D.E.

*Croiseur Pi2 * en orbite autour de Lanh-Yakéa*

La créature arrivait. Elle était là face à moi, elle sembla s'immobiliser un instant comme pour calculer le nombre de bouchées qu'elle ferait. Je pouvais sentir son aura, pas de méchanceté, pas de cruauté, juste un instinct : la faim. La créature avait simplement faim, j'allais constituer le premier sandwich au chat de l'histoire de mon univers… et dire que c'était précisément le genre de choses que je me délectais de faire vivre à mes créations… je venais de me faire avaler par la créature. J'allais fermer les yeux pour éviter le spectacle de sa digestion, qui désormais m'insupportais quand une petite sphère de lumière fit son apparition devant moi, le temps sembla se figer. Une petite chose sortit de la bulle et s'avança. C'était un lapin blanc splendide, aux yeux dorés et au poil parfaitement peigné.

—Bonjour Esdrael.
—Qui es-tu ?
—Tu me connais déjà, mais tu ne t'en souviens pas. Répondit le lapin blanc.
—C'est donc toi Luz ? demandai-je.
—Oui, je vois que tu as entendu parler de moi par notre fils Nikola.
—Que se passe-t-il ? Pourquoi ne suis-je pas mort ?
—Qui te dit que tu ne l'es pas ?

Sa question me frappa, elle venait d'insinuer que je l'étais, comment étais-ce possible ? Luz continua à me toiser et à attendre.
—Que veux-tu dire par là ?

—Tu es en train de mourir, Hab'zazzel est en train de te broyer. Je t'ai isolé de ton corps pour te parler et te proposer un marché.
—Un marché ? pour ne pas mourir ? demandai-je paniqué.
—Pas exactement. Je peux te proposer de redevenir un dieu l'espace de dix secondes, puis te laisser mourir.
—Je ne pourrais pas mourir si je redeviens un dieu !
—Si. Car ton divinium est en train d'être arraché de ton corps. M'expliqua-t-elle sur un ton grave.

Ainsi c'était la fin, j'étais arrivé au bout de mon chemin, moi le créateur de cet univers je m'apprêtais à le quitter, le libérer de mon emprise. Mes pensées vagabondaient. Luz les interrompit.
—Je ne peux que t'indiquer que tout est de ta faute, ton désir de voir la souffrance est la cause de ta perte mon ami.
—De quoi parle-tu ?
—Tu as créé tant d'êtres pour les laisser souffrir en t'amusant, l'univers que tu as crée te le rends désormais.
—Que dois-je faire ? que puis-je faire pour ne pas disparaitre ? Je suis prêt à tout…

Un sourire apparut sur son visage, elle semblait heureuse de la tournure que prenait la conversation, elle ne me lâchait pas des yeux.
—Allez ! aide-moi !
—Je ne peux rien faire pour toi, je suis l'équilibre. Sache juste que ton choix n'en est pas vraiment un.
—Comment ça ?

—Rappelle-toi, au tout début de cette aventure, tu as été rejeté dans ton propre univers par quelqu'un d'au moins aussi puissant que toi… commença-t-elle.

—Ainsi c'était toi ! tout est de ta faute !
—non ce n'est pas … entama-t-elle.

Je me précipitais sur elle, alors que j'allais la saisir je hurlais.

—Je te tiens ! tu vas voir … commençais-je.

Elle me lança un regard qui irradiait le regret, puis prononça des mots que je n'entendis pas avant de se volatiliser. Ne me rendant aucunement ma nature divine comme elle l'avait promis. J'étais dans le vide, je voyais quelqu'un devant. C'était sans doute elle. La rage monta en moi.

—Je vais t'annihiler vile créature ! hurlais-je.

Ces mots résonnèrent dans mon esprit, ma rage monta et j'envoyais balader l'autre dans l'univers. Je lui ôtais en retour sa forme divine… Puis j'observais mieux. La cible de mon courroux venait de tomber sur Lanh-Yakéa… elle était devenue un chat noir … Alors que je commençais à sentir mon énergie disparaitre, je fut frappé par la voix que j'avais prise, et par le fait qu'un jeune garçon avançait pour la chercher… Ce n'était pas elle, c'était moi… dans le passé…

Il ne me restait plus rien, je perdais conscience, j'entendis une dernière fois sa voix.
—Je t'avais dit que tu n'avais pas le choix … adieu Esdrael !

VMR * En direction du quartier général du C.R.A.D.E

Les quatre agents s'étouffaient dans le VMR. L'atmosphère désormais viciée était devenue irrespirable. Ils auraient dû laisser l'Elfantoh sur la planète, elle n'aurait de toute façon que très peu d'informations.
—Pourrions-nous ouvrir la fenêtre ? demanda la reine ivoriaah.

Devant le silence de ses quatre compagnons de voyage, la reine comprit que sa blague était tombée à l'eau et abandonna l'idée de détendre l'atmosphère…

Cachette de Taur'ytail * planète Lanh-Yakéa

Nikola contemplait les murs, il était pensif. Blue, Yanh et le professeur Mhed observaient en revanche le nouveau venu. Il était grand, énigmatique et caché sous une capuche d'un rouge sang éclatant. Taur'ytail remarqua immédiatement qu'on le fixait, il intervint pour faire cesser cela.
—Bon allez ! reprenons Nikola. Que vous fallait-il mon ami ?
—Tu le sais, nous l'avons découvert lors de nos voyages. Nous y sommes.
—De quoi parlez-vous ? demanda le professeur Mhed.

—Nous avons, il y a quelques temps, voyagé ensemble Nikola et moi. Et aujourd'hui, ce que l'on a découvert à l'époque est devenu la réalité.
—Donnez-nous la montre que nous puissions arrêter la créature. Demanda Blue.

Taur'ytail sortit une petite boite de sa poche. Il la tendit à Nikola qui s'en saisit sans broncher.
—C'est dans cette boîte que vous avez stocké la montre ? demanda Yanh curieux.
—Pas exactement. Répondit Nikola. Merci de ton aide Taur'ytail, merci d'avoir gardé cette boîte tout ce temps.
—Ce fut un plaisir mon vieil ami !

*Salle d'observation astronomique * Monastère de Lanh-Yakéa*

Après avoir prononcé ces mots, les lieux se métamorphosèrent. Les murs redevenaient de la roche, le sol tremblait et Taur'ytail disparaissait devant leurs yeux. Ils furent bientôt tous téléportés dans le monastère. Ils étaient dans la salle d'observation. Nikola observa un instant un des moniteurs, le croiseur qui leur avait été prêté n'émettais rien. Il était comme figé dans le temps.
—Notre appât a réussi. Le vaisseau et la créature sont coincés dans une dilatation temporelle. Expliqua Nikola.
—C'est parfait ! nous avons donc le temps d'agir. Indiqua le professeur Mhed. Il faut sortir votre arme secrète de la boîte.

Nikola et Blue éclatèrent de rire ensemble, le professeur Mhed et Yanh ne comprenaient pas ce qui les faisaient rire. Ils s'arrêtèrent rapidement.

—La boîte ne contient pas d'arme, enfin … pas que. Elle est bien plus que ça. Expliquez-nous Blue.

—Avec grand plaisir maitre. Répondit-elle.

Entendre à nouveau son élève l'appeler maitre était une joie immense, Nikola était fier de son élève et du niveau qu'elle avait atteint.

—Il s'agit d'une boîte contenant un univers de poche, ou plus simplement une dimension où l'espace est extrêmement comprimé et où tout est potentiellement présent. On peut y enfermer ou stocker absolument ce que l'on veut. Raconta le maitre Blue.

—Pas tout à fait ! mais ce n'est pas le sujet aujourd'hui. Compléta Nikola.

—Allez, allons paramétrer le téléporteur. Nous allons attaquer la créature avec notre boîte en espérant qu'elle parvienne à l'enfermer avant qu'il ne nous dévore tous. Continua Blue.

*Bureau de Riz'Golo * Quartier général du C.R.A.D.E*

Les quatre agents, toujours suivis de près par la reine Ivoriaah, étaient entrés dans le grand bureau de leur chef. Riz'Golo se tenait fièrement sur son siège, il regardait vers l'extérieur et tremblait sur place.

—Ainsi donc vous avez trouvé la montre et l'avez rapportée ? demanda-t-il.

—Oui grand Riz'Golo. Répondit Riz'Cola en lui déposant la montre sur le bureau.

Riz'Golo se retourna, il posa ses yeux sur la monte, un sourire apparut sur son visage et il avança bientôt ses mains vers l'objet. La facture était vraiment splendide, il reconnut les traits qu'il avait pu voir dans les livres il y a longtemps à l'université.

—Fabuleux ! maintenant, nous allons pouvoir faire d'une pierre deux coups et récupérer le carnet du créateur.

—En effet chef. Répondirent en cœur les agents.

La reine remarqua un rictus sur le visage de Riz'Golo quand il se saisit de la montre. Ils ne tardèrent pas à comprendre car il explosa de rage.

—Non mais vous me prenez pour un abruti ? hurla-t-il.

Ils avaient tous sauté sur place, ils étaient désormais tremblants. Riz'Golo était entré dans sa légendaire rage. Elle faisait l'objet de nombreux contes et légendes au sein du C.R.A.D.E.

—Ce n'est pas la bonne ! vous êtes vraiment des incompétents. Vous allez le regretter ! tous les 3 !

Riz'Golo avait écarté Riz'Cola qui en était soulagée, et la reine Ivoriaah qui de toute façon n'y était pour rien.

—Je vous envoie au paradis vous allez voir ! grogna Riz'Golo.

—Non pas ça pitié ! supplia Riz'Otton

—S'il vous plait ! tenta Riz'Ollè

Riz'yère ne prit pas la peine de prononcer un mot. Il se rappelait des histoires autour du P.A.R.A.D.I.S. une prison secrète de très haute sécurité contrôlée par le C.R.A.D.E. C'était une Prison pour les Agents Renégats ou Abrutis ayant Déçu les Institutions et le Système.

—Vous allez avoir un séjour à perpétuité au Paradis mes chers agents. Pour votre incompétence notable. Grogna Riz'Golo.

—Et moi ? demanda Riz'Cola.

—Vous, il vous reste une chance de prouver votre valeur agent. Je vous propose de partir avec la créature ici présente pour retrouver le carnet. Cela vous convient-il ? proposa Riz'Golo encore tout rouge de colère.

—La créature vous … commença la reine Ivoriaah.

—Nous acceptons ! la coupa Riz'Cola.

Entendant cela, Riz'Golo récupéra son sourire, il pressa un bouton rouge sur son bureau et donna un ordre dans un micro. Ordre qui fut transmis au service de sécurité du C.R.A.D.E.

—Venez récupérer les Agents Riz'Otton, Ollè et Yère pour un séjour au Paradis, durée à établir par un procès, en attendant ce sera à perpétuité.

Un groupe d'agents entra, et se saisit des trois malheureux qui se débattaient comme de beaux diables. Bientôt ils étaient sortis du bureau et échappèrent à la vue de Riz'Cola et de la reine Ivoriaah. Riz'Golo leur jeta un regard plein de défi.

—Maintenant allez ! trouvez-moi ce carnet ! s'il le faut, retournez sur Lanh-Yakéa et tentez de voler la vraie montre ! ordonna-t-il en insistant fortement sur la fin de sa phrase.

—A vos ordres Monsieur. Répondit Riz'Cola.

Chapitre XII

*Monastère de Lanh-Yakéa * Planète Lanh-Yakéa*

Nikola, le maitre Blue et le professeur Mhed discutaient et travaillaient sur les ordinateurs pour paramétrer comme nécessaire le téléporteur. Yanh ne faisait qu'observer le moniteur où le vaisseau était immobilisé dans la mâchoire du monstre. Il eut une pensée pour Esdrael.

—Les coordonnées sont les bonnes ? demanda le professeur Mhed.

—Attendez une seconde je gère le vecteur de décollage. Grogna Nikola.

—Ça m'a l'air correct Archie. Répondit Blue.

L'ordinateur fit comprendre que tout était bon. Les trois adultes regardaient fièrement le résultat de leur travail coordonné. Yanh intervint.

—Euh … c'est normal que la créature bouge de nouveau ? demanda-t-il.

Les mots de Yanh les figèrent sur place, la terreur pouvait se lire dans leur attitude. Nikola bégaya en répondant à Yanh.

—Non, depuis longtemps ? demanda Nikola tremblant.

—C'était une … commença Yanh.

—Il faut se dépêcher pour se débarrasser de la créature ! cria Nikola.

Blue comprit ce que Yanh voulait dire, et lui lança un regard noir. Ce dernier baissa les yeux et tenta une nouvelle fois de s'expliquer.

—Monsieur Nikola, c'était … commença-t-il.

Cette fois c'était le professeur Mhed qui avait compris ce qui se passait. Il observait Blue qui commençait à bouillir sur place. Elle se leva et asséna à Nikola une baffe mémorable qui lui fit littéralement tourner la tête.
—Aie !
—Reprenez-vous c'était une blague du petit … soupira Blue.
—Ah.

Il avait dit cet unique mot sur un ton qui montrait bien son dépit. Sa motivation et son objectif reprirent le dessus et Nikola continua. Il installa la boîte ouverte sur la table derrière lui, et déclencha le téléporteur. La boîte se volatilisa.

*A proximité de la créature * Système stellaire de Lanh-Yakéa*

Une petite lumière apparut devant Hab'zazzel. La boîte venait de se rematérialiser juste à côté de la créature. Celle-ci sembla s'y intéresser puis des faisceaux de lumière sortirent de la boite pour entourer la créature. Elle émit un cri de panique, et commença à diminuer de volume et entrer dans la boite. Celle-ci semblait douée d'intelligence, elle se déplaçait d'elle-même.

Alors que je finissais de disparaitre, moi le grand Esdrael, j'émis un ultime miaulement. La boîte se scella devant mes yeux et mon miaulement parcourut la trame de l'espace-temps tel une vague. La vague heurta l'étoile du système stellaire qui s'éteignit sur le coup.

*Observatoire galactique * planète Cara'ybe*

Le capitaine Hikensha se reposait à l'extérieur, il observait le ciel étoilé en songeant au nouveau vaisseau qu'il lui faudrait pour repartir dans ses activités. Puis, il crut voir une étoile disparaitre. Bientôt une poignée d'étoiles autour de la première disparurent également. Il se passait quelque chose, quelque chose de très grave.

*Dans une dimension supérieure * position de la boîte*

La boîte venait de se refermer. Luz ne comprenait pas ce qui se passait, les lumières venaient de s'éteindre. Elle sentait ses forces l'abandonner, quelques instants après la mort d'Esdrael et son interférence avec le passé c'était à elle de disparaitre en même temps que les étoiles dans l'univers. Ils s'étaient débarrassés de la créature, mais aussi des étoiles …

Luz sentit les prières de nombreux êtres dispersés dans l'univers. La panique les gagnait tous. Ils ne comprenaient pas, tout ce qu'ils savaient c'était que l'univers entrait dans une période de crise. Ça avait commencé : l'apocalypse.

FIN…

CHAPITRES

Chapitre I 1

Chapitre II 27

Chapitre III 51

Chapitre IV 73

Chapitre V 89

Chapitre VI 113

Chapitre VII 123

Chapitre VIII 137

Chapitre IX 155

Chapitre X 171

Chapitre XI 193

Chapitre XII 205

BONUS I – LES VOYAGES DE DAAR'WYN ... 211

BONUS II – D'IVOIRE A IVORIAAH III 221

BONUS I – LES VOYAGES DE DAAR'WYN

Planète inconnue n°178.443

Le vaisseau se posa, la voix mécanique du vaisseau retentit et réveilla le professeur Wyn qui dormait encore. La dernière exploration avait été éprouvante, de plus le doyen de l'université de Lanh-Yakéa allait demander un rapport concis, celui-ci était donc prêt depuis la veille.

—Nous sommes arrivés sur la planète inconnue numéro 178.443

—Tu aurais quand même pu me laisser dormir. Cette information pouvait attendre.

—En effet professeur Wyn, mais j'ai une autre information. Une créature semble s'être accrochée au vaisseau.

—Ne t'en fais pas, je vais aller voir cela tout de suite ! s'enjoua le professeur ravi de rencontrer une nouvelle forme de vie.

Le vestiaire du vaisseau était spacieux, le professeur songea souvent à recruter de petits stagiaires pour travailler avec lui, mais chaque fois qu'il passait à son bureau de l'université il était monopolisé par des réunions et il n'avait jamais eu le temps de faire cela. Pourtant son travail d'exozoologiste était très demandé. De nombreux étudiants en sciences galactiques étaient intéressés.

Le professeur sortit du vaisseau, il lui fallut une poignée de secondes pour s'habituer à la lumière sur ce monde. Les arbres autour de lui étaient gigantesques. C'est ce qui l'avait conduit à se poser ici, une telle forêt ne pouvait que receler une grande diversité d'êtres vivants inconnus à recenser.

—Professeur, je ne détecte plus la présence de la créature.

Daar était perturbé, l'ordinateur avait un don pour toujours interrompre sa réflexion. Il était pourtant persuadé de l'avoir configuré convenablement. Le professeur Wyn émit un grognement et commença à avancer vers l'arbre le plus proche. En atterrissant le vaisseau avait écrasé quelques arbres mais cela ne l'avait pas endommagé. Ils avaient parcouru la planète depuis l'espace et n'avaient trouvé aucune clairière. C'était donc à contrecœur qu'il avait ordonné au vaisseau de se poser en détruisant quelques arbres.

—Professeur, voulez-vous que je passe en standby jusqu'à votre prochain ordre ? demanda Beagle.

—En effet ce serait profitable pour me permettre de prendre des notes.

L'ordinateur de bord du Beagle était suffisamment intelligent pour comprendre que les silences prolongés du scientifique signifiaient qu'il voulait réfléchir en paix.

Le professeur observait les racines de l'arbre devant lequel il se trouvait. D'un diamètre plus que convenable, elles semblaient briller d'un bleu léger, le même que celui qui rayonnait de l'herbe au sol. Les pas du professeur avaient totalement détruit une portion de la végétation herbacée. Daar prit son carnet et nota frénétiquement ses observations.

« La végétation herbacée à proximité du site d'atterrissage semble particulièrement fragile, probablement pauvre en lignine. Cela sera à vérifier lors de prélèvements ultérieurs. »

Une brindille craqua au loin. Le professeur tourna la tête à la recherche de l'animal qui avait produit ce bruit en marchant. Il s'éloigna de l'arbre non sans en dessiner une feuille et une portion de la racine qui brillait en bleu.

Un peu plus loin une seconde brindille craqua. Le professeur réfléchit une seconde puis nota quelques lignes sur son carnet.

« Il existe au moins une espèce animale, cependant celle-ci semble être timide et difficile à apercevoir »

Les pas du professeur le portèrent jusqu'à l'autre coté du site d'atterrissage d'où semblait provenir le bruit. Cette intuition fut confirmée par l'observation au sol d'une brindille cassée. Il la ramassa et fut surpris de voir quatre petites paires de pattes en sortir et se mettre à se débattre pour s'échapper. Daar sortit de son sac une boite miniaturisable, il l'ouvrit et y glissa la petite chose avant de refermer la boite. Il jeta un coup d'œil au travers de la boite.

La petite chose se déplaçait en longeant frénétiquement les bords de la boite, tout en étant incapable de s'attacher aux parois bien trop lisses. Dans son esprit une analogie lui vint, celle de ces araignées de Lanh-Yakéa, incapables de marcher sur des surfaces trop lisses et qui finissaient souvent noyées. Cela lui brisait le cœur. Il observa encore quelques instants et constata que la créature avait un œil unique au milieu de sa tête.

Tout un tas de réflexions s'ouvraient à lui, que pouvait bien manger cette petite chose ? cette réflexion fut coupée par un désir d'enregistrement.
—Beagle ?
—Oui professeur ?
—Enregistre ce spécimen dans la collection s'il te plait.
—Tout de suite professeur ! Sous quelle dénomination ?
—Appelons là *Araneus wynii* !
—Voulez-vous que je fasse une observation de ce spécimen pour vous ? proposa gentiment Beagle suivant les directives de son programme à la lettre.
—Non ça ira, laissez-moi faire. Il s'agit là du premier arthropode que je trouve sur ce monde, ce serait dommage de l'observer au travers d'une paire de caméras.
—Je ne sais trop quoi dire professeur, étais-ce une remarque désobligeante ?

Le professeur courroucé songea à débrancher le son de son communicateur mais se ravisa et répondit sur un ton sérieux.
—Que dis ton programme à propos des émotions en réponse à ce que je te dis ?
—Il ne dit rien, aucune trace d'émotions.
—Alors contente toi de ne pas en inventer ! Merci ! laisse-moi travailler.

Une nouvelle fois une brindille craqua sous le poids d'un animal. Cette fois c'était tout proche. Le professeur tourna la tête et aperçut quelque chose qu'il ne s'attendait pas à observer : une créature d'environ un mètre soixante-dix se tenait en face de lui. Elle avait globalement l'allure d'un champignon. Sa peau toute verte et tachetée luisait un peu. La créature avait de grands yeux cachés sous un drôle de chapeau.

—Rutjii ? fit la créature en regardant le professeur.
—Tu tentes de me parler ? demanda Daar'wyn.
—Rutjii ! fit de nouveau la créature en s'approchant.

Le professeur recula. Il songea aux dangers d'un tel contact, il se souvenait parfaitement de sa première rencontre avec un Langoustien. Il avait eu besoin de trois semaines pour s'en remettre, il avait attrapé une forme virulente de lèpre chitineuse. Une maladie horrible qui fait pousser des pustules en chitine sur la peau des humains non vaccinés. Depuis, le professeur s'était promis de ne pas toucher à des créatures aussi grandes que lui.

—Beagle ? dit Daar'wyn dans son communicateur.
—Oui professeur ? répondit froidement l'ordinateur de bord.
—Nous avons un spécimen plus gros, tu pourrais le téléporter en cellule d'observation ?
—Bien sûr professeur.

Dans un éclair de lumière la créature fut vaporisée et rematérialisée dans le vaisseau, dans une zone spécialement aménagée pour contenir et observer les nouvelles espèces probablement intelligentes (NEPE).

—Voulez-vous revenir également au vaisseau ? demanda Beagle.
—Non ça ira, peux-tu juste survoler la zone et me dire si tu repères quelque chose que nous n'aurions pas décelé au premier survol ?
—Bien entendu. Je m'y attèle, je serai de retour dans trente minutes.

—Parfait !

Daar'wyn était soulagé de pouvoir éteindre de nouveau son communicateur. La créature était enfermée dans le vaisseau, placée en observation dans une structure adaptée. L'esprit du naturaliste vagabondait à la recherche d'un nom pour cette nouvelle espèce. Son regard parcourait les alentours à la recherche d'éventuels congénères. Il n'y en avait aucun de visible.

« Les individus de cette espèce semblent ne pas se déplacer en meute, en tout cas si celle-ci existe elle est extrêmement éparse. »

Daar'wyn songeai à de nombreuses questions : Que mange cette espèce ? A-t-elle une forme de langage complexe ? Que tentait-elle de dire ? Quelle était sa relation avec l'environnement de la planète ? Tant de réflexions qu'il faudrait élucider à son retour au Beagle.

—Beagle ?
—Oui monsieur ?
—Comment se porte le locataire de la chambre d'observation.
—Très bien monsieur, il tourne sur place en tapant sur les vitres.
—D'accord, contacte-moi s'il y a du nouveau.
—à vos ordres monsieur.

Le professeur wyn continua son exploration des lieux pendant environ une demi-heure sans croiser aucune vie animale. Il commençait à sentir une sorte d'oppression due à l'absence d'animaux. Ses pensées furent coupées par le Beagle.

—professeur, il y a du nouveau.

—Non ? Sans blague ?
—Vraiment. Je ne vous aurai pas dérangé sinon.
—Oh ben ça alors !
—La créature a disparu, elle a laissé uniquement de la poussière verte.
—Et tu me dis ça naturellement ? téléporte-moi immédiatement ! que je voie ce dont tu me parle.
—A vos ordres monsieur.

La seconde qui suivit, le professeur était téléporté devant la chambre d'observation. Celle-ci était vide, à l'exception d'un tapis de poussière verte sur le sol. Ce tapis était composé d'une couche de quelques millimètres de petites particules vertes. La frénésie de l'écriture reprit le professeur alors qu'il observait le sol de la chambre.

« La créature semble pouvoir se suicider par un mécanisme d'explosion en particules vertes. Représentent-elles un danger ? »

L'ordinateur du Beagle intervint.
—Professeur, je viens d'analyser ces particules.
—et ?
—je vous le dit c'est tout.
—J'aimerai bien avoir tes conclusions … Sinon à quoi servirait l'analyse.
—à rien en effet. Confirma l'ordinateur.

Le professeur resta dans l'expectative encore une minute puis rompit le silence.
—tu es sûr de ne pas avoir un bug ? demanda le professeur plein d'une fausse sollicitude.
—Je n'ai repéré aucun insecte dans mon unité centrale. Dois-je lancer une nouvelle analyse ?

—Mais bien sûr ! s'exclama le professeur wyn non sans une palpable ironie dans la voix.

Quelques instants plus tard, l'ordinateur de bord se manifesta de nouveau. Il rapportait le résultat de ladite analyse.

—Aucun insecte dans l'unité centrale, je ne souffre donc d'aucune forme de bug monsieur ! déclara fièrement le Beagle.

—D'accord, mais dois-je attendre encore longtemps pour avoir le résultat de l'analyse biologique de la créature ?

Le silence qui suivit révéla que l'ordinateur avait compris : il avait oublié de répondre à la vraie question du professeur.

—Cher professeur, il faut que vous compreniez que je n'intègre que très mal les blagues… commença le Beagle.

—Je crois que l'on peut même dire plus … tu n'intègres absolument pas les blagues. Le coupa le professeur wyn.

—Voulez-vous finalement voir le résultat de l'analyse ?

—Oui. Envoie ça sur le moniteur de la chambre d'observation. Répondit le professeur.

Les données apparurent bien sur le moniteur de la chambre d'observation. Le professeur se sentit stupide une seconde : il n'avait pas précisé à l'ordinateur de bord quel moniteur. Les données étaient sur le moniteur à l'intérieur de la pièce.

—Beagle ?
—Oui monsieur ?

—pourquoi avoir mis les données sur le moniteur interne ?

—Je voulais m'essayer à ce que vous appelez l'humour. Désolé.

—Pourrais-tu les afficher sur le moniteur externe ?

—Bien sûr.

Le professeur s'approcha du moniteur situé de son côté de la vitre. Rien ne s'y affichait. Il attendit une minute et hurla.

—Beagle ! LES DONNEES SUR LE MONITEUR EXTERNE !

... FIN POUR LE MOMENT !

BONUS II – D'IVOIRE A IVORIAAH III

Place du marché ° capitale de la planète Aphe-rycah

La jeune Ivoire se promenait devant les multiples vendeurs de fruits et légumes frais présents ce jour au marché mondial d'Aphe-rycah. Chaque jour un nouveau marché était disponible pour la population. Les plus riches des citoyens pouvaient venir tout le long de la journée, les moins aisés quand à eux devaient attendre l'après-midi et n'avaient que deux heures pour acheter ce qu'ils voulaient parmi ce qu'avaient laissé les plus riches.

Ivoire devait retrouver son petit ami Brak'Onnier et deux amies à elle. Ces deux dernières n'étaient de toute évidence pas au rendez-vous. Brak' arriva en avance, ce qui l'étonna beaucoup.

— Ben alors mon chéri ? tu arrives en avance ?
— Oh ça va hein ! ne viens pas te moquer de moi... soupira Brak.
— Je ne me moque pas, je célèbre plutôt cet heureux évènement.

La jeune pachyderme s'avança et enlaça tendrement le visage de son amant avec sa trompe. Et quelle trompe ! une sublime petite trompe d'une dizaine de centimètres qui pendait au milieu de son visage. Il se dégagea de l'emprise d'Ivoire et reprit la conversation.

— Tu as retrouvé tes deux amies là ? Comment s'apellent-elles déja ?

— Dé'phence et Hau'Reille ! Enfin tu pourrais faire un effort quand même ! ce n'est pas comme si j'en avais dix !

La conversation privée du jeune couple fut coupée par un des vendeurs, le poissonnier qui hurlait pour attirer les potentiels clients qui trainaient dans la rue.

— Venez ! j'ai de sublimes soles arc-en-mer ! pas cher ! pas cher !

— Elles sont pêchées du jour ? demanda Ivoire.

— Mais enfin ... nous sommes l'après-midi. Vous savez bien que je ne peux pas vous vendre les poissons du jour ... répondit le poissonnier en soupirant.

— J'oublie toujours ce détail ... excusez-moi ...

— Il n'y a pas de mal. Vous savez elles n'ont que deux jours. Elles sont encore très fraiches pour vous ! indiqua le poissonnier en tentant le tout pour le tout.

Ivoire fut bousculée par une autre jeune pachyderme, elle avait le visage voilé et croisa le regard de notre jeune protagoniste. Alors qu'elle poussait Brak, elle lacha un papier sur le sol. La curiosité d'Ivoire la poussa à ramasser ce papier pourtant très probablement insignifiant...

"L'ordre établi peut être bousculé. Si cela vous intéresse venez dans les catacombes ce soir après le coucher du Soleil"

Se rendant compte qu'il y avait un message sur le mot, Brak' se rapprocha de sa chérie et tenta de l'amadouer en lui caressant le cou à l'aide de sa propre trompe. Ivoire n'aprécia pas la sensation de cet apendice humide caressant sa peau.

— tu pourrais demander la permission avant. Nous n'en sommes pas encore là !

— Tu peux parler ! tu m'as embrassé de force tout à l'heure !

— Et puis quoi encore ? tu va voir !

La colère se lisait jusque dans les oreilles d'Ivoire. Quand finalement ses amies arrivèrent au marché, elle en était repartie, seule. Elle était rentrée directement chez elle et avait retrouvé sa mère qui tricotait une paire de pantoufles pour son petit frère. Brak était quand à lui rentré chez lui de son côté, un peu boudeur mais néanmoins heureux d'avoir passé quelques temps avec sa chère et tendre.

*Maison d'Ivoire * capitale de la planète Aphe-rycah*

— C'est à cette heure là que tu rentres ? encore cinq minutes et tu te faisait arrêter pour présence tardive au marché. la gronda sa mère.

— Oui maman, pardon. Je n'avais pas vu l'heure j'étais avec Brak'

Le visage de la mère se ferma, elle posa son tricot et s'approcha plus près de sa fille.

— Encore ce garçon ? Tu sais ce que ton père en dit. Ce n'est pas un ... commença sa mère.

— Je sais ! je sais ! Ce n'est pas un garçon bien pour moi. Il a déja été arrêté ...

— Alors que fais tu encore avec lui ? tu sais pourtant qu'il n'en a qu'après tes défenses !

Ivoire coupa la conversation en montant dans sa chambre. Elle songeait à son père, grand général dans l'armée de la monarchie. Il était chargé de l'ordre dans la capitale et sur toute la surface de la planète.

Bien que sa position soit aisée, il n'avait pas la paye associée et n'était pas anobli par la reine actuelle : Déf'ancia II.

"L'ordre établi peut être bousculé. Si cela vous intéresse venez dans les catacombes ce soir après le coucher du Soleil"

Que signifiait-ce message ? Qui l'avait donné ? Et pourquoi ? Il était évident qu'elle devait y aller. les conditions de vies sur Aphe-rycah n'étant pas du tout conformes aux attentes qu'elle avait. Sa mère serait complètement d'accord, mais à postériori.

Un problème persistait, où pouvaient bien être les catacombes ? Ivoire n'en avait jamais entendu parler. Elle passa une bonne heure assise sur son lit à observer l'extérieur, le crépuscule approchait. le retour de son père à la maison coupa sa rêverie. Il le saurait sans doute lui !

— papa ? cria Ivoire.
— Oui ma fille ?
— tu pourrais monter une seconde ? j'aimerai te parler !
— J'arrive, laisse-moi embrasser ta mère avant.

Quelques minutes plus tard, son père monta finalement à l'étage pour la voir. Il la serra dans ses bras et lui demanda alors ce qu'elle avait.

— tu sais où sont les catacombes ?

Sa question pétrifia son père, il ne comprenait pas pourquoi un soudain intérêt pour les catacombes.

— Pourquoi tu veux savoir cela ma fille ?
— Je voudrais aller y faire un tour avec Brak' ce soir.

— Bon écoutes, tu sais ce que je pense de Brak. Tu va le voir et tu le quitte d'accord ? Si tu accepte de faire cela alors je te dirai où elles sont. n'oublie pas de l'abandonner là bas ... grommela son père.

— allez papa ! dis-moi et je verrai !

— tu vas jusqu'à la place du marché, en esquivant la patrouille qui passe dans trois minutes, et ensuite tu tournes comme pour aller chez Brak. Et là tu trouveras une bouche d'égout. Elle n'en est pas une, elle conduit aux catacombes.

— Merci papa ! fit Ivoire en lui sautant au coup.

Son père ne dit mot. Il redescendit l'escalier et rejoignit sa femme et leur fils. Le petit frère d'Ivoire vit juste sa soeur sortir par la porte et passer devant la fenêtre du salon. Elle allait encore faire une bêtise, il en était sûr.

*Dans les rues de la capitale * planète Aphe-rycah*

Il faisait froid, le soleil n'était pas encore couché il devait rester quelques dizaines de minutes. Il fallait se depêcher où elle serait en retard. Les rues s'enchainaient et Ivoire commençait à s'essoufler. Avez-vous déja vu un pachyderme courir ? Finalement elle arriva à l'intersection qui allait la conduire chez Brak. Devait-elle aller le chercher pour qu'il vienne avec elle ? Non ! Certainement pas il était un peu risqué d'être trouvés ensemble par une éventuelle patrouille.

La bouche d'égouts était devant elle. Ivoire la prit en main et la souleva du sol puis s'enfonça dans le sous-sol. Elle était dans les catacombes ...

*Catacombes * sous la capitale de la planète Aphe-rycah*

Ivoire avait encore plus froid ici qu'à l'extérieur. elle regretta de ne pas avoir emmené Brak, il lui aurait sans doute prêté son manteau épais. La jeune pachyderme hésita quelques instants à aller le chercher et finalement s'en passa. Des pas se firent entendre, quelqu'un passait dans la rue. La patrouille ? Ivoire était paniquée, elle n'avait rien à faire ici à cette heure. Si la patrouille la trouvait son père aurait des problèmes. Bientôt elle entendit les voix...

— Tu savais que le match de la semaine prochaine serait contre les gens du Sud ? demanda une première voix.

— Oui, mais de toute façon nous allons les défoncer.

— Tu es bien optimiste toi !

Les deux voix firent une pause puis reprirent moins fort.

— regarde ! la bouche d'égouts qui conduit aux catacombes mal mise. tu crois que ...

— Quelqu'un s'en est servi ? Elles ne sont pas interdites ? demanda la seconde voix.

Ivoire eut un instant de terreur, si ils descendaient et la trouvaient elle serait dans de beaux draps. Elle n'avait pas du tout envie de voir le regard désapprobateur de son père qui aurait par la même occasion été renvoyé de son poste de général. Les voix reprirent.

— J'ai trop peur, hors de question qu'on rentre là dedans. fit la seconde.

— Vérifions qu'il n'y a personne aux alentours qui nous voit et refermons sagement cette bouche sans descendre. Si on nous demande .... commença la première voix.

— Si on nous demande si quelqu'un est descendu, on dira qu'on ne savait pas car elle était bien placée ! tu es brillant ! compléta la seconde en interrompant sans complexe la première.

— Je sais, allez viens on est déja en retard ! il faut marcher plus vite !

— on peut couper par cette ruelle regarde, pas vus pas pris hein !

La bouche refermée, les pas s'éloignèrent et Ivoire était de nouveau seule. Ou presque ! Bientôt une nouvelle voix se faisait entendre, celle-ci était beaucoup plus proche.

— Eh ! Ben dis-donc ! tu en as mis du temps ! chuchota Dé'phence.

— que fais tu ici toi ? demanda Ivoire surprise.
— Je suis venu ici en famille, nous voulons participer. Je t'ai donné ce papier cet après-midi. je ne voulais juste pas être reconnue.
— C'était toi ? mais pourquoi ne pas simplement passer à la maison ?
— Ton père ...
— je vois ! tu ne voulais pas qu'il nous entende, mais tu sais il travaillait toute la journée.

Une lumière s'alluma au bout du couloir, les deux jeunes pachydermes prirent ce couloir et avancèrent doucement vers la source de cet éclat. De nombreuses voix se faisaient entendre, mais il fut impossible de séparer les paroles de chacun.

Grande salle souterraine * sous la capitale de la planète Aphe-rycah

— que se passe-t-il ? demanda Ivoire.

Dé'phence ne répondit pas, elle contemplait ce spectacle. Devant les deux amies une foule de pachydermes plus ou moins jeunes était réunie. Ils échangaient dans tous les sens sans crainte d'être entendus. Bientôt un plus agé monta sur une estrade et demanda le silence.

— Bonsoir à toutes et à tous amis Elfantoh. Nous avons été suffisament longtemps martyrisés et soumis par notre gouvernement. Il est temps de prendre le pouvoir.

Ivoire reconnut l'Elfantoh qui parlait. C'était le père de Dé'phence. Alors qu'Ivoire voulut interroger son amie, celle-ci lui fit signe de se taire et d'écouter.

— Nous avons des infiltrés dans l'armée, au palais de la reine et un peu partout sur la planète. Ils sont prêts à agir aux premières lueurs de l'Aube. Il nous faut juste élire une future reine pour prendre la place de celle qui occupe la place actuellement. Pour cela je propose deux solutions : un vote ou un tirage au sort parmi nous.

La foule se remit à faire un bruit incompréhensible. Le père de Dé'phence prit à nouveau la parole. Son apparence et sa voix imposaient le respect et tout le monde l'écouta.

— Je vois, nous allons donc faire un tirage au sort, sinon le temps de procéder à une présentation des éventuelles candidates nous serons tous morts.

Après un signe de son père, Dé'phence commença à distribuer d'autres petits papiers aux gens. Elle mit une bonne dizaine de minutes à distribuer à tout le monde son numéros. Quand elle eut fini elle revint à côté d'Ivoire. Dé'phence fit un signe à son père et celui-ci reprit son discours.

— La distribution est faite. Nous allons désormais tirer un numéros au hasard. Cette personne devra me suivre et les autres sont invitées à faire le plus grand tapage possible en rentrant.

Ivoire regarda son numéros : 6335

— tu crois que j'ai une chance ? demanda Dé'phence.

— tu as un papier ?

— oui.

— Donc tu as une chance !

— tu as quel numéros toi ? demanda son amie.

— j'ai le 6335 et toi ?

— moi j'ai le 4517.

Ces échanges effectués, le père de Dé'phence sortit une première boule d'un sac. Il cria ensuite le numéros indiqué.

— C'est le 6 !

Première vague de "Ohh" ou de "Ahh" trahissant les émotions ressenties tantôt par celles qui étaient encore en course et celles qui pouvaient rentrer chez elles.

— Ensuite le 3.

Une nouvelle vague de complainte démarra. Très rapidement terminée par l'annonce du troisième numéros.

— Encore le 3 !

Cette troisième vague de réactions était plus faible que les autres. Il n'y avait plus beaucoup de personnes en jeu. il n'en restait que 3. Ivoire pouvait les voir. Bientôt le père de Dé'phence demanda aux personnes encore en jeu de lever une patte en l'air.

— enfin le 5 !

Ivoire n'y croyait pas. elle avait été choisie par le destin. Le grand Esdrael avait donc souhaité qu'elle devienne Reine. Elle s'avança doucement vers l'estrade où se tenait le père de son amie. Celui-ci la reconnut et l'acceuillit par une embrassade.

— vous pouvez tous rentrer, n'oubliez pas demain juste avant l'aube rendez-vous au palais ! Nous chasserons la reine actuelle du Trône.

La foule acclama le choix et la soirée se termina sur le choix du nom de reine de la nouvelle. Elle s'apellerait Ivoriaah III. Ce nom était associé aux deux plus grandes reines de l'Histoire de la planète

Aphe-rycah. Les deux premières Ivoriaah étaient en effet des bienfaitrices pour le bas peuple, à chaque fois elles avaient été éjectées du pouvoir par des extrémistes noblistes. Des gens peu fréquentables qui pensaient que les riches étaient emplis de sang bleu.

— tu aimes ton nom ? demanda Dé'phence dont la voix trahissait sa jalousie intérieure.

— Oui ! je te propose de devenir ma servante ! proposa Ivoire.

— Oh ! ce serait super ! tu pourras m'accorder une augmentation ?

— Bien sur ! et on interdira le marché aux riches le matin. Comme ça on aura tout ce qu'on voudra et le plus frais possible !

Le père de son amie vint et la saisit par le bras. Il conduisit les deux amies sous le palais par un réseau de tunnels.

— Nous allons dormir ici. Demain à la première heure nous chasserons la reine et te placeront sur le trône à sa place. Rends le nous bien.

à la première heure le lendemain * palais royal * capitale de la planète Aphe-rycah

Le peuple était au rendez-vous. Les grilles du palais pliaient sous la force de la foule. Ils avaient réussis à ouvrir l'accès au chateau. La plupart des gardes étant des complices du mouvement, l'entrée fut aisée.

— Que faites vous ? GARDES ? hurlait la reine en cours de déstitution.

— Nous vous remplaçons. indiqua un des gardes à la Reine Dé'phancia II.
— Mais ... de quoi parlez-vous ? demanda-t-elle sans comprendre.
— Laissez-tomber. Votre règne est terminé ! Désormais débute celui de la grande Ivoriaah III.

*Esplanade du palais royal * Capitale de la planète Apherycah*

La reine avait été chassée, les gardes fidèles à l'ancienne reine avaient été enfermés. La voie était libre jusqu'au Trône. Le père de Dé'phence vint chercher Ivoire et la conduisit face à son peuple. Il lui dit quelques mots avant de la laisser.
— vas-y présente toi à ton peuple ! annonce-lui ce qui va changer.
— mais je ne sais pas ... Tout !
— alors dis le leur simplement !
Finissant sa phrase il se mit en retrait. Ivoire se trouvait seule, elle se mit en tête qu'elle était désormais la reine Ivoriaah III. Elle fit deux pas en avant, tapota le micro pour voir s'il fonctionnait et commença à parler...
— Mes chers compatriotes ! Je suis la reine Ivoriaah, élue par la volonté du grand Esdrael et le hasard ! Je vous promets que ...